REIMER BULL

Op un daal

Lust- un Lastgeschichten

Quickborn-Verlag

Die plattdeutsche Schreibweise
ist unverändert vom Autor übernommen worden.

2. Auflage 2006

ISBN 3-87651-290-5

Umschlaggestaltung: W. Martens, Hamburg
Gesamtherstellung: Clausen & Bosse GmbH, Leck
*Der Umwelt zuliebe
auf chlorfrei gebleichtem Papier gedruckt
und nicht eingeschweißt*
Printed in Germany

Inhalt

Op un daal.
Maal Lust — maal Last.
Maal baven — maal ünnen.
Geiht veel rin in't Leven,
un dat Vertellen hett keen Enn.

I

Vun de ›Würdigkeit‹

As Peter Pien dat drüttmaal heiraadt hett, do weer he 69, harr Arthrose, muß en Kompressionsstrump drägen vunwegen sien Thromboseanfälligkeit un hett mit Ovid sien Liebeskunst ok nich mehr veel an' Hoot hatt. Aver he harr sik op un daal in de lütt Fruu Meier verkeken, de weer em den enen Dag övern Weg lopen. Un Käthe Meier is dat mit em jüst so gahn.

Se harr de 62 faat, weer ut de Arbeid, harr Tiet för Huus un Goorn un weer poppenlustig, liekers ehr dat rechte Been mennigmaal dull weh dä, un de Dokter al meent hett, dat löppt op en frische Hüft op ruut. Dat hett de beiden aver allens nich stöört, se muchen sik un wullen heiraden.

Un seten nu dor, weern an't Överleggen: Heiraden, aver woans? Mit Familie, Kinner, Navers? Un Peter sä: Dat hebbt wi doch allens al maal hatt, ik tweemaal, du eenmaal, wat wüllt wi uns dor noch um quälen. Un weern sik enig, se wullen den Dag för sik alleen hebben.

Un wo se nu mit ehr Papieren na dat Standesamt gaht un mellt ehr Hochtied an, do fraagt de Standesbeamte: Woveel Stöhl mööt wi opstellen?

Twee, hett Peter seggt.

Wi kaamt alleen, hett Käthe strahlt.

Aha, hett de Standesbeamte seggt.

Aver as Peter nu meent hett, dor muß ok nich veel snackt warrn, de Standesbeamte schull bloots fragen, wat Peter ehr un se Peter hebben wull, denn seggt wi ›ja‹, freut uns un sünd dor mit dörch.

Do hett de Standesbeamte dacht, de beiden Olen wüllt em ökeln un hett verdreetli seggt:

Ik mutt aver doch en paar Regen snacken.

Woso un woto? hebbt de beiden em fraagt.

Wegen dat Zeremonielle, hett de anner süüfzt, to'n Hochtied höört ok dat Zeremonielle to un en gewisse Würdigkeit.

Dat Zeremonielle laten Se man weg, hett Peter seggt. Un Käthe hett meent: De Würdigkeit, de sünd wi sülm.

Do hett de anner bloots noch fraagt: Ringwechsel?

Maakt wi alleen, hett Käthe fründlich antert.

Sekt?

Köönt wi nich af, hett Peter seggt. Denn sünd se na Huus.

Un as de Dag nu dor is, un se gaht na dat Standesamt, do seggt de Standesbeamte, dat weer je doch en aparte Hochtied, mit nix an un nix bi.

Do hett Käthe em wedder fründlich ankeken: Nix an? Nix bi? Ik heff en Mann, he hett en Fruu. Mehr deit nich nödig.

Do hett de Standesbeamte denn fraagt, wat he ehr un se em will, denn schullen se man ›ja‹ seggen. Dat hebbt se doon, sünd nadeem vergnöögt in ehr Auto stegen, hebbt dor de Ringen wesselt, hebbt sik en Söten geven un sünd na de neegst Apteek fohrt, he harr Rieten in de Rüch, un ehr hett dat rechte Been weh doon.

Denn aver hebbt se sik en feinen Dag maakt, hebbt smuck eten, sünd to Kaffee utfohrt, un as se an Avend matt un mööd in de Puuch fallt, do hebbt se sik ankeken, hebbt smustert un meent: Laat uns dat Zeremonielle man weglaten. Morgen is ok noch en Dag. Un sünd vergnöögt indruselt.

Lauritz un Laura

Willem Voß weer de vergangen Week för en paar Daag in Stockholm un vertell nu, he harr dor in en Restaurant seten, so en harr he noch nich sehn hatt: Ünnen as en Köök mit Kökendischen un Kökenstöhl un baven in de eerst Etaasch as en Bibliothek, de Wannen vull vun Böker. Un allens dat harr twee Lüüd tohöört, Lauritz un Laura, so harr dat buten un op de Spieskort stahn: Lauritz' un Lauras Köken- un Bibliotheksrestaurant.

Un wo Willem dor nu sitt, do kummt he mit Lauritz in' Snack, de bringt em sien Eten un Drinken. Wo Laura denn weer, hett Willem fraagt.

In de Köök, hett Lauritz seggt.

Un Willem hett meent, dat weer je apart, dat se beid meisto densülvigen Naam harrn, Lauritz un Laura.

Do hett Lauritz smustert un seggt: He heet Jens, un Laura ehren Naam is Kristof. Lauritz un Laura worr aver beter klingen.

Aha, denn sünd dat also so wat as Künstlernaams, hett Willem lacht.

So is dat, hett Lauritz antert un hett al wedder achtern Thresen gahn wullt, do stutzt Willem un seggt: Wenn jüm aver doch Jens un Kristof heet, woso denn aver Laura? Laura weer doch en Naam för en Fruu. Do hett Jens seggt, Kristof weer je ok sien Fruu, hett Willem fründlich ankeken un fraagt, wat he en Snaps hebben will, zur Verdauung?

Willem hett den Snaps daalkippt un hett dacht: Laat dat ween as dat is, mi un dat Eten schaadt dat nich. Un wat weer dat Leven ahn de Leev.

Dat geföhlte Öller

30 Johr hett Otto Paulsen in Dänemark Urlaub maakt, jümmer in' Juli, jümmer in datsülvige Sommerhuus, direktemang achter de eerst Dünenreeg. Un jümmer weer Otto foorts na't Ankamen de Düün hoochlopen, he wull dat Water sehn. Un wenn de See denn vör em leeg, denn hett Otto süüfzt: Wi sünd dor. He mit sien Fruu Gerda. 30 Johr.

Un wedder is he dor mit Gerda, wedder in dat lütt Sommerhuus achter de Düün, un wedder will he de Düün hoochlopen; un löppt op ehr to, steiht vör ehr, kickt hooch un denkt: Weer de jümmer so hooch? So hooch weer de doch noch nie. Aver fangt dat Stiegen an, de Fööt versackt in den weken Sand, Otto stiggt un denkt: Verdammi, wat is mit de dore Düün loos? Woso is de so hooch, un woso is de Sand düt Johr so deep? Un ehrer he sik versüht, sackt em de Been weg, he kummt to sitten, sitt op de halve Hööchde, kickt na ünnen, wo Gerda ut dat Sommerhuus kummt un em towinkt. Un Otto winkt torüch, will hooch, kummt aver foorts wedder to sitten, un denn is Gerda ok al bi em.

Wat is mit di? Woso sittst du hier in' Sand?

Un Otto stöhnt: Wat is mit de dore Düün loos? Is se steiler, is se höger, is de Sand deeper?

Un rutscht miteens op den Achtersten de Düün daal, un as he ünnen wedder op de Fööt steiht, seggt he to Gerda: Nu is dat so wiet, ik bün oolt.

Un so wat hett Otto noch nie seggt, he, de all sien Geburdsdagen jümmer na dat ›geföhlte‹ Öller fiert hett, 10 Johr minus, warrt tokamen Maand 70, föhlt sik as 60, aver kummt de Düün nich mehr hooch.

Laat uns man eerst wat eten, seggt Gerda, morgen is ok noch en Dag. De Düün löppt di nich weg.

Den annern Morgen vör Dag un Dau krabbelt Otto heemlich op all Veeren de Düün hooch. Man as he baven anlangt, do jappt he so dull na Luft, kann vör Jappen de See nich geneten, un dat geföhlte Öller liggt dicht vör't Enn.

As he wedder ünnen is un sitt mit Gerda to Fröhstücken, seggt he, he mach Dänemark nich mehr lieden. He will nu na Sylt, wo en op Holtwegen över de Dünen lopen kann. Opleevst worr he foorts wedder na Huus fohren.

So wiet kummt dat noch, seggt Gerda, un wi sett uns schöön Geld hier in' Sand.

Otto aver denkt: Lever dat Geld in' Sand setten as dat geföhlte Öller.

Nu, wenn he mit Gerda na'n Strand will, mutt he mit' Auto fohren, op'n proppenvullen Parkplatz un vun dor 200 Meter to Foot na de See.

Dat argert em, wo he doch dat Water achter dat Huus hett.

So sitt he muulsch op sien Terrass, kickt op de Düün un de Lüüd, de dor hoochloopt. Öllern mit ehr Gören, junge Lüüd; maal süht he dor twee mit'n Fohrrad op de Nack hoochkleddern, Mountainbikers.

Kann mi kränken so'n Anblick, seggt he to Gerda.

Aver Gerda seggt: Gönn de jungen Lüüd dat, du weerst ok maal jünger.

Ok dat kränkt mi, seggt Otto un dreiht de Düün un Gerda den Rüch to.

Dree Daag later kummt Gerda un seggt to Otto: Ik heff en Düün för di funnen, 150 Meter vun hier, över de kannst du an't Water, de geiht sachen hooch un op de anner Siet sachen wedder daal. Kiek di ehr an. Otto bekickt de Düün vun vörn, bekickt ehr vun achtern, kickt Gerda an un seggt: Jüst so hooch weer uns ool Düün noch vergangen Johr achter't Huus. De dor nu liggt is nich uns ool Düün, de hett de Wind dor hindreven. Aver düsse hier, de hett dat ool Maat! Gerda nückt, Otto strahlt un hett dat geföhlte Öller wedder faat: 70 minus 10.

Nörgard

Mien olen Kellner Nörgard gifft dat nich mehr. Över dörtig Johr bün ik bi em kamen. Baven in Skagen. Un jeedeenmaal, wenn he mi sehg, sä he: Sind Sie wieder da? Dann sollen wir, wie immer, Tisch Nr. 5 für Sie reservieren.

Ik heff denn nückt, heff em de Hand geven un antert: Un Se sünd, gottloff, ok noch dor!

In de letzten Johren hett he allerdings jümmer oftins meent hatt: Ich sollte gehen. Die Gäste, sie werden immer sonderbarer. Denn hett he sik in't Restaurant umkeken, dor seten se, Gäst in Jeans, Shorts, Jacken över de Stöhl hangt. Un so as Nörgard dor stunn, püük in Swatt, witt Hemd, Fleeg, blitzblanke Schöh, stunn he in de verkehrt Welt. Sien Welt leeg dörtig Johr torüch. Do bün ik dat eerstmaal bi em kamen.

Dat weer Middag, en half Dutz Lüüd in't Restaurant, Nörgard bedeen, ik tööv, he keem, ik fröög, wat ik en

Disch an't Finster hebben kunn. He schüttkopp fründlich un sä: Die großen Tische an die Fenster sind für vier Personen. Man hat die kleinen Tische für eine Person.

De lütten Dischen aver stunnen achtern an de Wand, vun dor kunn en nich na buten sehn, dor wull ik nich sitten un sä nu: Ich würde gern jeden Tag Punkt halb eins zum Essen kommen und das drei Wochen lang.

In Nörgard sien Gesicht röhr sik nix, as he anter: Für Gäste, die jeden Mittag Punkt halb eins zum Essen kommen und das drei Wochen lang haben wir immer die großen Tische an die Fenster. Tisch Nr. 5, bitte. Sä dat, möök en lütten Dener un trock mi den Stohl torecht. Broch mi de Spieskort un fröög, wat ik al wat to drinken hebben wull.

Een Glas Appelsaft, sä ik.

He nück, gung un keem mit en Literflasch an' Disch.

Ik keek em verbaast an.

Ein Glas, heff ik seggt, bloots een Glas.

Nörgard smuster un sä:

Für Gäste, die jeden Mittag Punkt halb eins zum Essen kommen und das drei Wochen lang ist es ökonomischer, wir sollen eine große Flasche nehmen. Ich soll Ihre Namen auf die Flasche schreiben.

Wi keken uns an, hebbt uns anenanner freut, un so hett de Geschicht mit Nörgard anfungen.

Wo ik nu aver Dag för Dag bi Nörgard keem, worr he neeschierig, wat ik för en weer. Den enen Middag fröög he: Machen Sie Urlaub in Skagen? In die Monat März? Es ist kalt.

Nich jüst Urlaub, heff ik seggt, mehr so'n Mix vun Urlaub un Arbeid.

Aha, sä Nörgard un wuß dor nix mit antofangen.

Dree Daag later, he broch mi mien Eten, sä he: Ich habe nachgedacht, was ist eine Mix aus Arbeit und Urlaub? Sind Sie ein Fischauktionator? Die stehen in die Nacht um drei auf, und wenn sie die Fische verkauft haben, gehen sie spazieren.

Nee, heff ik lacht, Fischauktionator bün ik nich. Ik schriev Geschichten. Un dat kann ik hier an besten.

Für Bücher? fröög he.

So is dat, sä ik.

Ich könnte Sie auch Geschichten erzählen, süüfz he, aber sie sind zu einfach für Bücher.

Dat weern se aver nich.

Dörtig Johr heff ik bi Nörgard seten. Wenn nix loos weer in't Restaurant, sünd wi in' Snack kamen. Maal vertell he, he harr as jungen Kellner partout in düt Hotel arbeiden wullt. Mank de Originalbiller vun de Skagenmalers. He wuß allens vun ehr, vun de Künstlerkolonie in Skagen, do in dat 19. Johrhunnert; wuß ok, woso veel Biller in't Restaurant hangt un nich in dat Museum op de anner Stratensiet. Dat Museum un dat Hotel, dat weer so wat as en Familie, de Hotelierfamilie harr dat Museum maal mit gründt hatt. Un een Dochder ut düsse Familie is sülm en berühmte Malerin worrn: Anna Ancher.

Nörgard wies op en lütt Bild: Es ist von ihr, sä he, mein Lieblingsbild. In diese Haus lebt Tradition. Und ich soll denken, ohne Tradition kann man nicht leben.

Nörgard hett sien Gäst kennt, Bürgerslüüd ut de Stadt, bi em hebbt se ehr Geburdsdagen un Hochtieden fiert. Denn kemen se, smuck antrocken, de Daams mit de blau-witt ondulerten Hoor. Sie sind meine Silberpappeln, hett Nörgard vun ehr seggt. Un wenn in' Sommer de utwärtigen Stammgäst in't Hotel trocken, denn hebbt se fraagt: Is Nörgard noch dor? Un wenn he denn wedder bi ehr an' Disch stunn, denn weer't, as wenn se in ehr tweet Tohuus sitten worrn, so vertruut weer allens, wenn Nörgard dor weer.

Jümmer in de Märzmaand seet ok de ool Mann mit de witten Hoor un sien Böker bi em, seet an den lütten Disch blangen de Vitrine mit de Kopenhagener Porzellanfiguren, seet, lees un hett nie nich en Woort snackt. Nörgard hett sien Kellners Order geven: Rangahn an den Disch, de Kort hinleggen, töven, bit de ool Herr mit den Finger op dat tippt, wat he eten un drinken will, en Dener maken, de Kort nehmen, un wenn dat Eten ut de Köök kummt, an den Disch gahn, Eten un Drinken afsetten, vörleggen, nix seggen, keen ›goden Apptiet‹, bloots en lütten Dener maken un den olen Herrn alleen laten.

Ik heff Nörgard fraagt: Wat is dat för en Herrn?

Un Nörgard hett seggt: Man weiß es nicht. Er will es so, und man weiß nicht, warum er es so will. Aber wenn er es so will, dann sollen wir es auch so machen, denn wir sollen wünschen, er ist zufrieden und kommt wieder.

Den enen Dag weer Nörgard krank, de junge Kellner hett den olen Herrn wull vergeten hatt, denn as de keem weer sien lütten Disch besett. De ool Herr hett sik verwunnert umkeken, hett Nörgard socht, kunn em aver je nich finnen. Un as nu en vun de Kellners kummt, do hett de ool Herr dat eerstmaal wat seggt. Nörgard? hett he fraagt.

Krank, hett de Kellner antert un verfehrt sik meist, dat de ool Herr överhaupt wat seggen kann. De ool Mann hett sik en annern Platz socht, un as he eten hett un betahlt, do schrifft he achtern wat op de Reken un langt se den Kellner hin. Un as de in de Köök leest, wat de ool Herr schreven hett, do leest he: Tjener Nörgard, gute Besserung!

Nörgard hett sien Arbeid genaten. Mennigmaal muß he de Gäst de Geschicht vun dat Hotel verkloren, oder se hebbt em na de Malers fraagt, denn hett he vertellt.

So gungen de Johren. Nörgard un ik worrn öller, de Stadt aver, de worr jümmer jünger. Ole Hüüs worrn afreten un niege dorför hinsett. Ut lütte Finsters in lütte Huus worrn grote Schaufinsters in lütte Hüüs.

Woso doot se dat? fröög ik Nörgard. De Stadt verleert ehr Gesicht.

Nörgard keek mi an, tipp sik mit'n Finger an den Kopp un sä: Das kommt, wenn man da, wo die Verstand sitzt, en Portemonnaie hat.

Dat een Johr worr dat Hotel verkofft. De Lüüd ut de Stadt, de Daams mit de blau-witt ondulerten Hoor un de Zigarr na dat Eten, de Herrn in ehr fein Tüüch, se bleven een na den annern weg. Dat Hotel mit de Originalbiller worr en ›touristisches Muß‹. In't Restaurant seten nu Gäst, de weern an Morgen mit dat Schipp kamen, bleven över Nacht, eten, drunken, sungen, weern fideel, un wo maal de Gardroov weer, dor stapeln sik Taschen un Rucksäck.

Nörgard hett mit de niegen Gäst nix anfangen kunnt. He worr gnegelig un hett de Lüüd dat marken laten. Den enen Dag is he dörch dat Restaurant gahn, hett

Mantels un Jacken insammeln wullt, de hungen över de Stöhl, de Gäst aver hebbt meent, he schull sik doch de Möög nich maken, ehr stöört dat nich. Do is Nörgard argerlich worrn un hett seggt: Gardroov op Stöhl schickt sik nich! De Kellners hebbt em fix na de Köök bugseert, wo Nörgard schimpt hett, düt weer nich mehr sien Hotel. Do muß he de Kellnerjack uttrecken un keem in de Reception achter't Telefon to sitten. Dor heff ik em dat letzt Maal sehn. Dat Restaurant worr renoveert, de Malers weern in't Huus; Lüüd vun't Museum hungen de Gemälde af. Nörgard stunn dor, harr dat lütt Bild vun Anna Ancher in de Hannen.

Dunnerwedder, sä ik, dat weer je wat för mi, so 'n Originalbild vun Anna Ancher!

He grien un sä: Wenn Sie nach draußen vor die Fenster gehen, ich kann es Sie heimlich herausreichen.

Na, na, lach ik, dat gifft denn aver Arger.

Nörgard keek op dat Bild, keek mi an, smuster un sä liesen: Man kann es in die Geschäfte als Kalenderbild kaufen. Wenn wir es rahmen und an die Wand hängen, es merkt keiner.

Denn keek he mi wedder an, un all de Johren, de wi uns kennt hebbt, keken mi an. Un he sä: Das ist auch eine Geschichte. Und ich soll denken, sie ist nicht zu einfach für Bücher.

Dat anner Johr weer Nörgard nich mehr dor. Ik heff fraagt, wo he afbleven is.

In Frederikshavn, sä de Mann an de Reception.

Wat maakt he denn dor? heff ik verwunnert fraagt.

Er ist ein Aushilfskellner im Hafenrestaurant.

Ik bün hinfohrt, wull em sehn, stunn in dat Restaurant, vull vun Lüüd, de vun't Schipp kaamt oder op dat Schipp töövt. Shorts, Jeans; Jacken över de Stöhl; Rucksäck, Kuffers, Taschen. Keen Biller vun de Skagenmalers. Fotos vun Fährscheep an de Wannen. Allens so as sik dat höört för'n Restaurant an' Haven, wo en vun't Schipp kummt oder op dat Schipp töövt. Un ik heff dacht: Richtig so, ool Nörgard, richtig so! Hier deit di dat nich weh. Ik heff Nörgard nich funnen un heff em ok nich mehr weddersehn.

Tille

Morgen warrt Tille 74. Un wenn se dor ok nix vun weten will, vun ehren Geburdsdag, wi warrt as jeedeen Johr dorför sorgen, dat unsen Kröger ehr en Blomenstruuß op den Disch stellt un wi Stammeters na't Eten en Tass Kaffee mit ehr drinkt. Un Tille warrt denn as jeedeen Johr seggen: Wat schall dat! Un woso weet jüm överhaupt, dat ik hüüt Geburdsdag heff? Un denn warrt Paul Schlüter wedder smustern un seggen: Tille, allens vun Bedüden stickt in mien Computer. Un Tille warrt verlegen lachen: Ik un bedüden? Mi lösch man in dien Computer, dor gifft dat anner Lüüd vun Bedüden! Un wenn nu in Rudi Jens sien Kroog keen anner Gäst sitten schullen, denn warrt de ool Markus, wat Rudi sien Vadder is un maal de Kröger vun de ›Harmonie‹ weer, denn warrt Markus dat Singen anfangen: Happy birthday! Un Tille kriggt en Glimmer in de Ogen un warrt ropen: Nu langt dat! Se laadt uns to'n Tass Kaffee in, de spendeert aver as jeedeen Johr Rudi Jens, un wi sitt noch en Tass lang mit Tille tohoop, de ool Fruu Meier, Markus, Paul Schlüter, Peter Schack, Werner Schneider un ik.

Tille hett all ehr Johren alleen leevt. Peter Schack kann sik so wat nich vörstellen. Is je troostloos, seggt he, wenn ik Dag un Nacht alleen in mien Stuuv huken schull. Un dat Johr för Johr, bloots wegen dat ik de richtige Fruu nich finnen kann, denn worr ik doch à la carte leven, aver nich alleen

To Middag is Tille nich alleen, to Middag hett se uns. De Middag is de best Tiet för Tille, denn snackt se mit Fruu Meier, wo de dat geiht; Fruu Meier schufft siet twee Weken en lütt Koor vör sik her, an de kann se sik fastholen. Un Tille sorgt dorför, wenn Fruu Meier ehr Eten nich opkriggt, se kann de groten Portionen nich mehr af, denn mutt de Kööк den Rest inpacken un in de Koor leggen. So kann Fruu Meier dat an' Avend opwarmen.

Wenn Tille to Middag kummt, denn steiht de ool Markus op, he hett sien Disch blangen dat Schapp för de Garderoov, un hölpt ehr ut de Jack; Kavalier der alten Schule, as he denn jümmer to Tille seggt. Tille un he, se hebbt beid datsülvige Hobby: Fotografeeren. Maal hett Markus Tille fraagt, wat se Lust harr un kummt bi em to Kaffee, he wull ehr denn sien Fotos wiesen. Do hett Tille Paul Schlüter fraagt, wat dat womööglich heten kunn, de ool Markus hett wat mit ehr in Sinn? Paul hett ehr begööscht un hett seggt, Markus bitt nich mehr. Do hebbt Tille un Markus en feinen Namiddag mit Biller bekieken hatt. Na, hett Peter Schack den annern Dag Tille fraagt, hett Markus sik manierlich opföhrt?

Tille hett em ankeken, mit dat een Oog plinkert un flustert: Över so wat snackt en nich.

Tille kriggt allens mit, wat ünner't Eten an de Dischen vör sik geiht. Un is en vun uns maal en Dag nich to Middag kamen, denn vertellt se uns den annern Dag. Vertellt, dat Markus sik meisto mit Werner Schneider in de Wull kregen hett. Werner kann nich mehr sehn, bloots noch Schaddens, as he seggt. Wenn Werner in't Lokaal kummt, denn tappt he na sien Disch, kickt in de Richt, wo Fruu Meier sitt, fraagt, Erna, büst du dat? Un Fruu Meier seggt denn liesen: Ja. Is je lachhaft hett Markus do meent hatt, dree Johr sitt he nu blangen Fruu Meier ehren Disch, wenn he ok bloots noch Schaddens süht, na dree Johr warrt he wull ehren Schadden kennen un mutt sik nich jümmer noch opfällig maken.

Un Tille vertellt: Den enen Dag hett Werner op sien Teller keken un hett Markus fraagt: Is dat Fleesch, wat hier liggt? Un Markus hett antert: Biet rin, denn weeßt du dat. Nee, hett Markus nadeem to Tille seggt hatt, wenn he ok nich mehr kieken kann, so leevt he aver doch noch. Is dat nix?

So vertellt Tille, vertellt un vertellt, kickt dorbi ut' Finster, vertellt, as wenn se nix anners geneten will, as dat se vertellt. Kickt uns nich an, as harr se Bang, se kunn marken, wi sitt dor, kaut, kiekt op den Teller un höört womööglich nich to.

Un so warrt se ok morgen, an ehren Geburdsdag, wedder vertellen, vertellen vun ehr Fohrrad, dat se jüst mit lütte Blomen bemaalt; vertellen vun Werner, de hett sien Hemden wuschen hatt un ophangen wullt, süht aver de Lien nich un lett all Hemden op de Eer fallen; un dat Markus seggt hett: Du schallst de Lien je ok mit de Hannen söken un nich mit de Ogen! Un Werner denn süüfzt hett: Ja, mit de Ogen! Dat harr he wull för'n Momang vergeten hatt. Un Markus hett murmelt: Werner, wenn na dien Ogen nu ok noch de Kopp utsett, denn süht dat leeg ut för di.

Un wi warrt dor sitten, warrt eten, op den Teller kieken, Markus warrt singen ›Happy birthday‹, un Tille warrt seggen: Nu langt dat! Un wi fohrt na Huus, gaht wedder an de Arbeid. Tille stiggt op ehr Rad, warrt in ehr lütt Wahnung sitten un töven, dat en anröppt un graleert ehr. Aver dor röppt keen mehr an, ehren Geburdsdag hett se mit uns fiert. Un dat weet wi je doch.

Gröten

Dor is maal en Mann ween, de hett sik en Naam maakt hatt, un wenn he de Straten langs leep, denn hebbt de Lüüd seggt, kiek, dat is doch de un de, un hebbt em grött. Dat hett den Mann freut, un he hett torüchgrött.

Man as he nu oolt un öller warrt, do fallt em op, de Lüüd grööt nich mehr. Se hebbt em nich mehr kennt hatt. Dat gefallt den Mann nich. Do fangt he dat Gröten an. Wo he ok löppt, he grött all Lüüd, de em övern Weg loopt. Do mööt se em denn je ok all torüchgröten. Un de Mann denkt, denn is he doch noch bekannt. Dat freut em so, do hett he bit an dat Enn vun sien Daag mit dat Gröten nich mehr opholen kunnt.

Narms un överall

Siet dat ik Rudi Reimer över sien Handy anropen schall, geiht he mi verloren. Ik weet nich, wo he afbleven is. As he noch dat ool Telefon harr, do hett dat bi em in de Wahnstuuv op dat Buffet bimmelt, un Rudi hett op'n Stohl blangen dat Buffet huukt un mit mi snackt. Mennigmaal mit en Beerglas in de Hand, ik heff je sien Fruu ropen hören kunnt: Stell dat Glas nich op dat Buffet, dat gifft en Rand! Man nu, wenn ik em anrop, wo is he? Theoretisch kunn he baven op de Lofoten sitten oder an de Algarve oder twee Meter achter mi in't Café. Wenn ik aver nich mehr weet, wo he stickt, denn kann ik ok nich mehr seggen: Ik bün in teihn Minuten bi di. So lang duurt dat to Foot vun mi na em.

Un so geiht mi dat nich alleen mit Rudi Reimer, ok Carola Pien, Martin Hansen, Liselotte Möller, all hebbt se en Handy un sünd miteens överall un narms. De olen Landkorten in mien Kopp, Rudi blangen dat Buffet, Carola op ehr Sofa, Martin in' Fluur, Liselotte mit dat lang Kabel bit na ehr Köök rin, se gellt nich mehr. Un ok de Wegen na ehr, wo lang dat bruukt, to Foot, mit Auto, de Stratenbahn, un wölke Stratenbahn, allens dat hölpt nich. Denn wenn dat bi ehr bimmelt, un Rudi seggt: Reimer; Carola: Hallo, un Martin: Ja? ik weet nich, wo se sünd. So geiht Tiet un Ruum verloren, amenn sünd wi överall un narms.

II

Harmonie

Wat Harmonie heet, dat weet wi je all: Übereinstimmung, Eintracht und Ebenmaß. Un de ool Franzoos Jean Philipp Rameau hett seggt: De vollkommenste Harmonie, dat weer de Dur-Akkord.

Un so'n Dur-Akkord weern nu ok Rose Meier un Hubert Seidel, de sungen jeedeen Dünnersdagavend in den Gesangvereen vun Hohenkarken un harrn sik dor so dull inenanner verkeken, Werner Holler, wat de Chorleiter is, de hett vun ehr seggt: Rose und Hubert, zwei Töne gleicher Tonhöhe.

Den Dag över harr Rose ehr Arbeid bi de Post, se droog Breven ut, un Hubert seet in't Finanzamt. Se wahn bi ehr Öllern, he harr en lütt Appartement. Wenn jümmer dat gung, drepen se sik bi em, mennigmaal bleev se de Nacht över, denn klung de Dur-Akkord op.

So gung dat en halv Johr. Hubert fung an un swöög vun en grötter Wahnung, dor kunnen se denn je beid wahnen; un Rose studeer Illustrerten, wo en lesen un sehn kann, woans sik en Wahnung smuck inrichten lett.

Den enen Dag nu meent Hubert, dat weer je doch to schöön, wenn se beid den tokamen Sommer tosamen Urlaub maken kunnen. Dat doot se denn ok un fleegt na Fuerteventura.

Un wo se dor nu op Fuerteventura sünd, swimmt, geneet Scampi, drinkt Prosecco, danzt, un de Dur-Akkord kummt ut dat Klingen al gor nich mehr recht ruut, un sünd dor nu al acht Daag, do seggt Rose, se hett nu genoog vun de Insel sehn, se will nu bloots noch in' Sand leggen un bruun warrn. Liggt dor, un Hubert huukt blangen ehr, huukt un kickt, wo Rose bruun warrt. Maal liggt se op'n Buuk, maal op de Rüch. Un dat is allens, wat se den Dag lang deit. Un he sitt. Dat gefallt em nich, un he fraagt ehr, wat se nich mit em den Strand langs lopen mach, denn Sitten, dat mutt he je to Huus jeden Dag op't Finanzamt; wegen Sitten mutt he nich na Fuerteventura flegen. Aver Rose antert bloots: Lopen mutt se jeden Dag för de Post, op Fuerteventura will se sik verholen un leggen. Un dreiht sik op'n Buuk.

Do mutt he je alleen loos. Un wo he dor den Strand langs löppt un süht all de annern Pooren, do warrt he gnatzig un denkt, nu kummt de Dissonanz.

Un dat denkt ok Rose, denn as se nu beid an' Avend to eten gaht, un he kickt op de Spieskort, do seggt he, he kann keen Scampi un Prosecco mehr sehn, he will en Currywurst hebben, un klappt de Kort to.

Denn koop di buten en, seggt Rose, ik eet landestypisch!

Man wo he nu opsteiht un geiht ut' Huus, do fangt se dat Hulen an, will nix mehr eten un verkruppt sik in't Bett.

Dree Daag sünd se mucksch mitenanner, denn kriegt se aver je doch de ool Harmonie wedder faat un verwunnert sik, woso se beid so dull hebbt warrn kunnt. Nadeem is de Urlaub denn ok bald to Enn.

Rose löppt nu wedder för de Post, Hubert sitt över de Stüern, un jeedeen Dünnersdag singt se in ehren Gesangvereen.

Dat mit de Wahnung hebbt se för't eerst nalaten; se will en egen Appartement hebben, will alleen leven, ahn de Öllern. Hubert kann ehr je besöken, seggt se.

Man wo se nu den enen Dünnersdag wedder singt un quält sik mit dat niege Leed, de Chor mach dat nich lieden, dat is em to modern, un Werner Holler schimpt, se harrn alltohoop keen Kunstverstand; de dissonanten Partien, seggt Werner, dat is de Optakt för de konsonanten Partien, dramaturgisch absolut notwendig, seggt Werner, do brummt Walter Lüders, Dissonanzen hett he to Huus genoog, de mutt he hier nich ok noch hebben. Hier will ik mi bloots noch freuen, seggt Walter! Un de hele Gesangvereen nückt dorto. Do mutt Werner Holler dat Leed afsetten.

Un as nu Rose mit Hubert na Huus geiht, do kickt se em miteens an un grient:

Hebbt wi Kunstverstand, Hubert?

Kunstverstand?, fraagt he verwunnert, woso Kunstverstand?

Un Rose smustert un seggt liesen:

Leggen oder lopen, Hubert? Currywurst oder Scampi? Afsetten oder öven?

Un Hubert seggt: Öven.

Un dor sünd se nu bi …

Swatt

De Minsch, wenn he in Urlaub is, fangt dat Schöönfarven an. Denn schrifft he op smucke Korten na Huus: Hotel, allerbest! Strand, noch beter! Wedder, nix as Sünnschien! Stimmung, blendend!

Dorbi liggt dat Hotel in so'n Oort Wüstenlandschop vun Hotels, en Kasten blangen den annern, vullstoppt mit Lüüd, en Sardinendoos is legerer packt. Dat Wedder is maal to hitt, denn kann en nachts nich slapen; dat annermaal störmt dat, un de Sand flüggt en in de Ogen. Un so is de Stimmung denn ok mennigmaal mehr mau as blendend. Aver dat mach de Minsch sik nich ingestahn, he hett dor je en Dutten Geld för betahlt. Un sien Navers to Huus schüllt doch seggen: Ah, wo hett he dat doch goot!

So gung dat ok Peter Carstensen, den sien Fruu harr sik to ehr Sülvern Hochtied ›Lanzarote‹ wünscht. Un dor seet he nu mit ehr an' Strand. Seet op swatten

Sand mank swatte Bargen un swatte Lava un dach: Wat schall ik hier? Swatt kann he nich af, Lava mach he nich lieden, un wenn he al mit sien Fruu an' Strand leggen schall, denn will he op witten Sand leggen, denn ›Swatt‹ denkt he, dat is den Dood sien Farv.

Aver nu huukt he dor un kickt sien Fruu to, wo de dor mit ehr Töhn in den swatten Sand rumtütert. Un wo he sik ehr Töhn bekickt, de jümmer swatter warrt vun den swatten Sand, do denkt he: Wenn düsse Fruu nu ok swatt weer, gneterswatt, so as de Sand, denn worr se je op'n Slag nich mehr to sehn ween, un he muß nich mit ehr op Lanzarote in swatten Sand leggen.

Do fangt he an, grippt in den swatten Sand, un lett em mank sien Fingers över ehr witten Been lopen. Se süüfzt, leggt sik hin, un he streut. Amenn kickt bloots noch ehr Kopp ut den swatten Sand.

So liggt se dor, de Ogen to. He bekickt sik ehr Gesicht, de Ogen, den Mund, de Ohren, un kann sik dor nix mehr bi denken. Se is em verschütt gahn.

Man nu geiht de Mund in den Kopp op un seggt: Wi mööt Meiers noch schrieven, de Ansichtskort stickt in mien Handtasch. He nückt, treckt de Kort ut de Tasch un schrifft: Hotel, allerbest! Strand, noch beter! Wedder, nix as Sünn. Stimmung, blendend!

Karkenleder

Wenn dat um sien Herrgott geiht, is Nicolaus Lehmann en Strengen, op em lett he nix kamen. Anners aver is Nicolaus en Vergnögten un mennigmaal en Schalk.

Jeedeen Sünndag singt he in' Karkenchor, un dat gifft je wull keen Karkenleed, wat he nich kennen deit. As de ool Hannemann as Chorleiter de Stimmgavel al nich mehr recht hören kunn, do hett he Nicolaus bloots jümmer de Nummer vun dat Karkenleed toropen, wat wi singen schullen, un Nicolaus hett denn anstimmt.

Op de Duur kunn so wat aver je nich angahn, un Hannemann muß opgeven. För em keem Ede Borwiek. Un as de nu op de eerst Proov seggt: Wi singt Nr. 24 un will sien Stimmgavel anslagen, do is Nicolaus al an't Summen.

Kannst du nich töven, bit ik den Toon angeev? hett Ede schüttkoppt.

Deit mi leed, Ede, hett Nicolaus antert, ik bün dat bi Hannemann so gewohnt worrn, dat sünd Reflexe.
Denn gewöhn di de nu man wedder af, hett Ede seggt, un Nicolaus hett fründlich nückt.

To de Tiet hett keeneen vun uns ahnen kunnt, dat Nicolaus un Ede sik wegen de Karkenleder maal in de Wull kriegen schullen.

Ede seet je jeedeen Dingsdag to Kortenspelen mit Frido Bünz un Hubert Pien vun' Karkenchor bi Schütt in' Kroog. Un wenn de dree ehren Skaat utspelen, denn harr Ede dat so an sik, he mengeleer ünner sien Snacken jümmer Versen ut de Karkenleder. Schimp Frido övern slecht Blatt, sä Ede: Frido, hool di an Leed 295: Gib dich zufrieden und sei stille! Harr he sülm en goot Blatt in de Hand, denn reep he: Dor kann en je bloots Nr. 18 to singen: Der Tag, der ist so freudenreich! Un wenn Hubert Pien ut dat Mischen nich rutkeem, denn hett Ede mahnt: Hubert, denk an 204: Wach auf, wach auf! Misch di nich doot.

Dat kreeg nu ok Nicolaus Lehmann to hören, do hett he op de Proov to Ede seggt: Karkenleder hööRt in de Kark un nich in' Kroog!
Ede aver hett lacht un meent: Uns Herrgott warrt sik wull över jeedeen Seel freuen, de Karkenleder

överhaupt noch kennen deit, wat de nu in de Kark oder in' Kroog sitt.

Dat hett Nicolaus tosett. Do geiht he den annern Dingsdag to Schütt in' Kroog, wo Ede al mit Frido un Hubert to Kortespelen seten hett. Un wo Nicolaus dor nu sien Beer drinkt un töövt, do duurt dat denn ok nich lang, Ede hett en Blatt in de Hand, so en hett he dat ganz Johr över nich hatt, un röppt: Dunnerwedder, dat is en Blatt för 455! Man wo he nu den Vers vun 455 seggen will, do is Nicolaus al an't Singen: Großer Gott, wir loben dich! Un höllt eerst op, as he de letzt Stroph faat hett: Herr, erbarm, erbarme dich! un kickt dorbi Ede an.

De Lüüd in' Kroog hebbt dacht, de dor ut den Karkenchor, de hebbt en Glas Beer toveel hatt, un hebbt klatscht. Ede aver is opsprungen, is hin na Nicolaus an' Disch un hett em anfohrt: Wat fallt di in! Un wat schall dat?

Nicolaus hett Ede fründlich ankeken un hett seggt: Deit mi leed, Ede, aver du weeßt je, dat sünd Reflexe bi mi. Schall nich wedder vörkamen. Aver hest du nich seggt, uns Herrgott freut sik to jeedeen Seel, de Karkenleder noch kennen deit? Ik wull em nu ok maal en Freud maken un em wiesen, anner Seelen köönt ehr sogoor noch singen.

Denn is he opstahn un gahn.

Vergangen Sünndag hebbt wi in de Kark Nr. 281 sungen: Wie's Gott gefällt, so gefällt's mir auch. Ede un Nicolaus hebbt sik ankeken un hebbt wull dacht, wat ehr gefallt, dat gefallt ok Gott. Aver wat weet wi, wat Gott gefallt.

Halleluja

Wat ›halleluja‹ heet, dat weet wi je all: Lobet und preiset den Herrn! Man wokeen is de Herr? Hans-Otto Boje meent, dat weet keeneen, is desterwegen mit den Paster över Krüüz un hett sien Amt as Karkendener torüchgeven. De Lüüd seggt, Hans-Otto is grootsnutig worrn; knapp, dat he wedder lopen kann, vergitt he sien egen Wöör. Denn Hans-Otto hett bit vör twee Johr in' Rullstohl sitten mußt, un dat vun lütt op an. Den enen Dag aver hett he miteens sien Been wedder rögen kunnt un hett dat Lopen anfungen. Eerstan recht wat wackelig, denn jümmer beter un löppt nu, as wenn he jümmer lopen hett; en beten wat stiever as wi annern, aver je doch lopen. De Dokters hebbt dat nich klook kriegen kunnt, woso, de Lüüd aver hebbt seggt, dat weer en Wunner. Un dat hett ok de Paster in de Kark meent hatt, de Herr harr an Hans-Otto en Wunner doon. Do is Hans-Otto na den Paster gahn un hett meent, he wull den Herrn danken un Karkendener warrn, de ool Jünemann weer je jüst ut dat Amt rutstorven.

Meist twee Johr lang hett Hans-Otto de Kark herricht, hett uns den Klingelbüdel hinholen, hett den Paster tolustert un vun Harten ›halleluja‹ sungen, lobet und preiset den Herrn. Un hett dorbi jümmer wedder dacht: Woso kann he miteens lopen? Un dat fraagt he den enen Dag ok den Paster. De hett em fründlich ankeken un hett antert: Gottes unerforschlicher Ratschluß.

Do hett Hans-Otto dat Sinneren anfungen: Wokeen is de Herr? Un hett dacht, dat weet nüms, un he mutt dor nich över in't Gruveln kamen, denn dat, wat ›unerforschlich‹ is, dat is dat, wo en nix vun seggen kann. Dat gefallt em, denn wat Grötters as dat ›Unerforschliche‹ kann he sik nich denken. Un sitt also Sünndag för Sünndag in de Kark, singt ›halleluja‹, lobet und preiset das Unerforschliche!

Man wo he dor so Week för Week sien Arbeid in de Kark hett un hōört den Paster to, do fallt em dat bilüttens op, de Paster is mit den Herrn op Du un Du. Maal weet he, wo Gott sik to freut, dat annermaal, wat de Herr nich lieden kann. Un so nu jümmerto. Un dat ›Unerforschliche‹ warrt jümmer ›erforschlicher‹. Do geiht he na den Paster un seggt, he will nu nich länger Karkendener ween.

Un as de Paster verwunnert fraagt, woso dat denn nich, do seggt Hans-Otto, he will sik den Herrn nich lütt snacken laten. Un geiht.

Kamin

Werner Meier will en Füürbestattung, wenn he maal doot is. Ünner de Eer in de Kist leggen, dat kann he sik nich vörstellen; oder ›Seebestattung‹ un denn mit de Urn in't kole Water, nee, seggt Werner, ik bün för't Dröge un för de Warms. Ik laat mi verbrennen.

Nu hett he aver to Huus en Kamin un kann sik nix Schöners denken, as mit sien Fruu vör den Kamin sitten, en Glas Rootwien drinken, Musik hören un dorbi in't Füür kieken. Den annern Morgen maakt he den Kamin wedder sauber, feegt de Asch tohoop, bringt ehr na'n Aschammer, hoolt frisch Holt ut den Schuppen un freut sik op den Avend, wenn he wedder mit sien Trude vör den Kamin to sitten kummt.

Man wo he nu Johr för Johr so sitt, warrt öller un kickt dat Füür to, wo schöön dat brennt, un de Holtstücken jümmer lütter warrt un blifft vun ehr nix as Asch, do warrt he nadenkern. Un stellt sik vör, wo he maaleens verbrennt warrt un blifft vun em nix na as en Schüffel Asch un de Warms, de he afgifft, de flüggt dörch den Schosteen oder geiht in de Heizung un warmt anner Lüüd.

Un wo he sik dor so rindenkt un kickt jeedeen Avend op dat Holt in sien Kamin, wo dat brennt un opletzt verglimmt, do mach he den Kamin miteens nich mehr sehn un seggt, he will em tomuern laten, he will den Dood nich in de Stuuv hebben.

Trude snackt dor je gegenan, dat hölpt aver nix, Werner gifft Order, de Muurmann schall den Kamin tomuern, un de deit dat denn ok.

Man wo Werner dor nu mit Trude vör den tomuerten Kamin sitt, will en Glas Wien drinken un Musik hören, do smeckt em de Wien nich, un de Musik mach he ok nich mehr lieden. He mutt je jümmer an den Kamin achter de Muur denken.

Do seggt he to sien Fruu, he mach nich mehr to Huus sitten, he will nu utgahn. Trude schüttkoppt, aver se mutt mit.

Nu geiht Werner mit ehr in't Theater, to Konzert, to Kino. Man wenn se denn amenn je doch na Huus mööt un gaht in ehr Stuuv sitten, do kickt ehr de tomuerte Kamin an, un Werner warrt deepsinnig.

So geiht dat veel Weken. Do geiht den enen Dag Trude na den Muurmann un seggt, he schall de Muur wedder afrieten. As Werner dat mitkriggt, do fangt he dat Schimpen un Schafutern an, he will nich mehr sehn, wo so'n Stück Holt to nix as Asch un Rook warrt. Aver Trude besteiht dor op, de Muur kummt weg. Du sittst al halvdood vör de Muur seggt se, denn kannst du ok jüst so goot halvdood vör't Füür sitten.

Do is de Muur denn je wegkamen, un Werner sitt wedder vör sien Kamin, un Trude seggt: En Kamin is för de Warms dor un dat Leven to'n Leven. Un se will nu ok wedder en Glas Rootwien hebben un Musik hören. Do blifft Werner nix anners na, he mutt sik wedder an dat Leven gewöhnen, wat aver gor nich so eenfach is, wenn en anfungen hett un is den Dood op den Liem kropen un denkt an nix as an em.

Fiern

Hermann Witt fiert. Hett keen Geburdsdag un nix, aver he fiert. Veer Weken hett he Buukweh hatt, maal hett em dat in de linke Siet knepen, maal in de rechte Siet. Maal baven, maal wat sieder. Doch jümmer hett dat leidig trocken. Un as dat so is, wenn en oolt warrt, Hermann hett dacht, nu hett he wat, mutt opereert warrn un is dat womööglich de Anfang vun't Enn.

Veer Weken hett he sik in de Banghaftigkeit rindacht, geiht denn na'n Dokter, de nimmt em sik vör un seggt, nix vun Bedüden, en beten wat anners eten, denn deit de ool Maag dat ok wedder.

Un Hermann sitt to Huus un fiert; kickt ut' Finster, süht sien Goorn, kickt na'n Heven, süht de Vagels, de Wulken, dat Leven dor buten un fiert dat Leven.

III

Kleiner

Dor is maal en lütten Jung ween, de hett Reiner heten. Nu weer he aver de lüttst Jung in sien Klass, un de hett em dorum bloots ›Kleiner‹ ropen. Dat hett em argert, wokeen mach dat ok Dag för Dag hören: Kleiner.

Do is he bigahn un hett Muursteens in sien Slaapkamer smuggelt. Un jeedeenmaal, wenn sien Öllern ut' Huus gahn sünd, sünnerlich an Avend, denn hett he sien Apparatuur opbuut un hett dat Längerwarrn anfungen. Un wenn de Mudder dor den enen Avend nich övertokamen weer, denn harr de Lütt womöög-lich to Schaden kamen kunnt.

Denn as sien Mudder nu na em kieken will, wat he ok to Bett liggt, do hangt he an de groot Trittledder, beide Hannen um de böbelste Stuuv krallt un hett an jeedeen Foot en Muursteen bummeln, de schüllt em strecken, he will doch partout grötter warrn.

Un en vun de groten Jungs hett em doch seggt hatt:

Hang di man Steens an de Fööt, denn warrst du ok länger.

So kann't gahn: De Minsch kann den Minschen to Schannen snacken un wenn't bloots is, dat he ›Kleiner‹ to em seggt.

Ach, wie freut mich das

As de ool Fruu Hudemann noch de lütt Lilo Hudemann weer, do hett ehr Mudder ehr dat maal bibrocht hatt, wenn du wat schenkt kriggst, Lilo, hett se seggt, denn maakst du en Knicks un seggst ›danke‹, dat gehöört sik so. Un wenn du di ganz dull freust, denn seggst du ›Oh, wie schön‹ oder ›ach, wie freut mich das‹. Kannst du di dat marken? Denn laat uns dat nu öven. Wenn ik di düssen Ball schenk, wat deist du denn? Un Lilo hett en Knicks maakt. Fein, hett de Mudder seggt, un wo heet dat nu? Un Lilo hett seggt: Danke. Oh, wie schön! Ach, wie freut mich das! Na, hett ehr Mudder lacht, een Deel langt, du bruukst nich allens op eenmaal seggen, aver dat kriegt wi ok noch hin. Nu gah man wedder spelen.

Un Lilo gung an't Finster, keek na'n Heven hooch, stell dat linke Been vör un fung dat Wüppen an. Vun achtern na vörn un hin un her. Veel mehr kunn se nich, de lütt Lilo, se weer verkehrt op de Welt kamen.

Sauerstoffmangel, Unterversorgung des Gehirns, hett de Dokter seggt. Lilo kunn nich kieken, weer meisto blind, hett nich to School gahn kunnt, weer nich jüst blööd, aver de Verstand geiht nich, as he schall. Bloots een Deel hett se allerbest kunnt un kann dat hüüt noch: Wenn en Lilo fraagt hett, Lilo, wat weer de 24. April vör fief Johr för en Wekendag? denn hett Lilo in de Luft keken, hett för dull dat Schaukeln anfungen un na en korte Tiet ropen: Donnerstag! Un dat weer richtig. Un wenn en denn seggt hett: Toll, Lilo, stimmt genau! denn hett de Lütt strahlt un seggt: Oh, wie schön! Ach, wie freut mich das!

Laterhin is se in en Heim kamen, de Mudder weer oolt worrn, de Vadder al doot, ehr Dochter schull to rechter Tiet versorgt ween. Un Lilo is dat goot gahn in dat Heim un geiht dat jümmer noch goot. As ehr Mudder storven weer, hett de Paster Lilo tröösten wullt un hett seggt, de Mudder weer nu bi den leven Gott in' Heven, un Lilo hett seggt: Oh, wie schön! Ach, wie freut mich das! Un hett weent.

Vör veel Johren hett Lilo Walter Bünz kennenlehrt, de wahnt ok in dat Heim. Dat weer an en vun de Dagen, wo dat Danz gifft, do is Walter kamen un hett Lilo fraagt, wat se mit em danzen mach, un

Lilo hett antert: Oh, wie schön! Ach, wie freut mich das!

Se hett aver je nich danzen kunnt, hett dor stahn un Walter ankeken. Un wo Walter dat markt, seggt he, he kann ok nich danzen un hett Lilo en Glas Cola spendeert.

Siet de Tiet gaht se mitenanner, Walter spendeert ehr en Glas Cola un fraagt: Lilo, wat för en Wekendag weer de 15. März vör twee Johr? Un Lilo fangt denn för dull dat Schaukeln an un seggt na'n Tiet: Mandag! Un Walter röppt: Stimmt genau! Un Lilo strahlt: Oh, wie schön! Ach, wie freut mich das!

Man wat Lilo noch nie seggt hett, dat sünd so Sätzen as: Walter, fraag mi wat anners. Walter, kannst du mi noch en Glas Cola bringen? Machst du de Musik lieden, Walter? Se hett noch nich maal ›Walter‹ seggt. Aver wenn en de beiden dor sitten süht, denn kunn en denken, dor geiht wat hin un her mank de beiden, dat bruukt keen Wöör. Un denn much en seggen: Oh, wie schön! Ach, wie freut mich das!

De Ring

Martha Eggers hett sik dat Leven lang nich so recht mit ehren Mann affinnen kunnt. He weer ehr to minn. Martha wull wat gellen un hett överall ehr Fingers mank hatt.

Se seet in' Vörstand vun't Rode Krüüz, laterhin hett se en Seniorenbiraat vörstahn, un ik weet nich, wat se noch allens maakt hett.

Hans, ehr Mann, seet bi de Post, weer en Stillen, fründlich, aver as Martha jümmer süüfzt hett, licht to översehn. Dat hett em nich stöört.

Wenn en Martha fraagt: Woso hest du em heiraadt? antert se, dat weern de Tieden. Na'n Krieg, se utbombt, ehr Vadder fullen, de Mudder in en vun de Bombennachten umkamen; se bi Unkel un Tante op't Land. Dor hett se Hans drapen, se weer froh, mit em hett se de sworen Johren lichter utholen kunnt.

Se wull aver ok do al na baven. Dat muß en Hochtied in Witt ween, un en schönen Ring wull se ok hebben, 900 Gold. Unkel un Tante hebbt dat Kleed un de Fier spendeert. Hans sien Öllern harrn as lütte Lüüd nich veel in de Melk to krömen.

Man as Hans nu loosgeiht un will de Ringen kopen, 900 Gold, do kann he bloots een Ring betahlen un fraagt den Juwelier: Wat maak ik nu? Un de Juwelier seggt, he will em den tweten Ring ut Blick maken, he will em aver so utsehn laten, as wenn he 900 Gold harr.

Do hett Hans je twee Ringen un schufft sien Bruut in de Kark den echten Ring mit 900 Gold op de ehren Finger. Un se stickt em den Ring ut Blick op sien Finger. So sünd se denn verheiraadt, un dat Leven vergeiht.

Man nu, na 50 Johr, wo Hans al doot is, geiht Martha mit de twee Ringen na en Juwelier un seggt, he schall dor een Ring vun maken, breet un lüchend. De Juwelier bekickt sik de Ringen un seggt: Dat geiht nich, de een Ring is ut Blick.

Ut wat? hett Martha em verfehrt ankeken.

Ut Blick, hett de Juwelier seggt. De anner weer 900 Gold.

Dat kann nich angahn, hett Martha seggen wullt,

hett aver man bloots noch murmelt: Ik heff mi vergrepen, ik kaam dat annermaal wedder.

Geiht na Huus, leggt den Ring ut Blick op den Disch, nimmt em in de Hand, dreiht em, stickt em sik op den Finger, weent un denkt, se hett wat översehn hatt.

Puckern

Dor is maal en Mann ween, de hett geern heiraden wullt, hett aver nich wußt, wat för en Fruu he nehmen schall, denn he hett twee an de Hand hatt. Mit de een hett he fein snacken kunnt un mit de anner fein slapen.

Nu kann he je aver ut de beiden Fruuns nich een Fruu maken. Do geiht he loos un will en Fruu finnen, mit de he snacken kann un dat anner ok. He kann aver keen finnen.

Man den en Dag löppt em en Fruu övern Weg, de mach he lieden un se em ok. Un wo he noch denkt, wat de wull snacken un fein nich snacken kann, do seggt se, wenn he dat will, denn kann he ehr Hart hebben.

Un wo se dat seggt, do sleit he sik mit de Hand vör'n Kopp un denkt, dat Hart, dat hett he je vergeten hatt, un seggt, wenn se dat will, kann ok se sien Hart hebben.

Un as de Fruu em fraagt, wat sien Hart bi so'n Wöör ok puckern deit, do höört he op sien Hart un seggt, dat puckert. Do schenkt se em ehr Hart, denn dat puckert ok.

Un wenn de beiden nich storven sünd, denn puckert ehr Harten jümmer noch.

Geistheiler

Ik heff dat kamen sehn, he hett do in't Krankenhuus je al jümmer seggt hatt, mit en Fruu, mit de he nich över Krankheit un Dood snacken kann, mit de kann he ok nich leven. Acht Daag heff ik mit em op een Stuuv legen, mi harrn se an de Gall opereert, em an Krebs. Eerstan hett sien Fruu em noch jeedeen Dag besocht hatt, man den enen Dag hett he ehr seggt, se schull nu man nich mehr kamen. Dat weer de Dag, wo he den Avend tovör jümmerto versocht hett, ehr antoropen, kriggt ehr aver nich faat. As se den annern Dag bi em kummt, do fraagt he ehr, wo se ween is. Un se seggt: Op Naverschop. Un he meent, dat harr se em man seggen schullt, denn harr he dor anropen kunnt. Aver se seggt, jüst dat hett se nich wullt hatt un seggt: Ik wull maal twee Stunnen nix vun Krankheit un Krankenhuus hören. Do is he so dull in de Raasch kamen, de Swestern hebbt em buten op'n Fluur brüllen hören kunnt, sünd rinstörmt un hebbt ropen: Mein Himmel, wat is hier loos! He is miteens so wat as starr worrn un hett bloots noch liesen seggt, sien Fruu schall gahn. Un de is denn ok gahn. De Swestern hebbt em wat geven, wo he ruhig vun warrn schull. He hett dor legen, hett an de Deek keken un nix mehr seggt. Ik heff noch meent hatt: Se ehr Fruu hett dat doch ok nich licht mit de Krankheet, se hett sik maal verpusten wullt. Aver he hett swegen, hett mi ankeken, mit de Schullern tuckst un na de Deek hoochkeken.

Dree, veer Daag hett he in sien Bett legen, is mit keen Woort op sien Raasch un de Fruu to snacken kamen, un ik bün dor ok nich mehr vun anfungen. Wi hebbt dor legen as an all de Daag, hebbt vun düt un dat snackt, hebbt vör uns hindruselt, hebbt över unsen Dokter schimpt, dat de jümmer bloots latiensch mit en snacken deit, un du versteihst keen Woort vun dat, wat du hest. Un wenn du wat versteihst, sünd dat so Sätzen as: ›Na also, sieht doch gut aus! Es wird schon wieder! Nur weiter so!‹ Wi hebbt dor uns Witzen vun maakt. Wenn de lütt Nachtswester uns vun ehr Liebestragödien vertellt hett, denn hebbt wi ehr tröst: Es wird schon wieder! Un wenn se en frischen jungen Mann an' Haken harr, denn hebbt wi lacht: Na also! Sieht doch gut aus! Nur weiter so!

Maal heff ik na so'n Ökeln to mien Bettnaver seggt: So'n Stimm as de lütt Nachtswester hett, ik kann dor meist nich gegenan, en Eichelhäher is dor je en Nachtigall gegen.

Do hett he lacht, aver miteens seggt: So is dat, dat gifft Saken, gegen de kann en nich an. Mien Fruu kann nich gegen mien Krankheit an. Bit hin an den Dag, wo ik opereert worrn bün, hett se dat nich glöven wullt, ik heff Krebs. Liekers de Dokter ehr dat jümmer wedder seggt hett. Se hett dor stuur op bestahn: Du hest keen Krebs. Ik weer reinweg vertwiefelt, wi harrn doch de Befunde. Wo kannst du so wat seggen? heff ik ehr jümmer wedder fraagt.

Do hett se vun den Geistheiler vertellt. Se weer foorts, nadeem de Dokter uns dat mit den Krebs seggt harr, na en Geistheiler gahn. Dor gifft dat en Mann, hett se seggt, de föhlt sik na di hin, un wenn he di faat hett mit sien Föhlen, denn spöört he, wat mit di is. Un he seggt, wi mööt keen Bang hebben, du hest keen Krebs. Ik heff mi so verfehrt vun dat, wat se mi vertellt hett, ik heff en ganz Tiet nich wußt, wat ik seggen schull.

He keek mi an, fröög: Un? Wat harrn Se doon, wenn dat Ehr Fruu ween weer?

Tscha, heff ik stamert, wenn Ehr Fruu dat Glöven hölpen deit, is dat nich ok wat weert?

Un wenn ik nu op ehr höört harr, sä de Mann, ik harr mi nich opereren laten? Wat denn?

Allerdings, heff ik verlegen seggt.

Un wat harrn Se maakt, stahn dor in Ehr Wahnstuuv, kieken ut' Finster un jichenswo dor achtern, dörtig Kilometers wiet weg, sitt en Geistheiler, föhlt sik na Se hin un weet nipp un nau, Se hebben nix, sünd gesund? De Mann hett mi nich eenmaal to Gesicht kregen, weet aver, wat mit mi is. Un mien Fruu gelöövt dat. Wi hebbt nich mehr mitenanner snacken kunnt, över mien Bangen nich, över Leven un Dood nich. Un wat maak ik nu? Över wat schüllt wi snacken, wenn ik hier ruutkaam un sitt wedder to Huus? Ik weet dat nich.

Na ja, sä he denn, dat is laat worrn, laten Se uns slapen.

Do keem ok al de lütt Nachtswester un kreih liesen: Wieso ist hier noch so spät Licht? Jetzt wird aber geschlafen!

Maakt wi, hett mien Bettnaver seggt, eerst mööt wi aver noch weten, wo steiht dat mit de Leev?

Blüht, lach se, blüht und gedeiht!

Na, hebbt wi seggt, denn man weiter so!

As se wedder ruut is, hett he süüfzt: Mit ›weiter so‹ un ›na also, wird schon werden‹ is bi mi un mien Fruu nix mehr to maken, nehm ik an. Slapen Se goot.

Ik bün denn na Huus entlaten worrn, he teihn Daag later. Wi hebbt afmaakt hatt, wi wulln uns besöken.

Aver as ik mi bi em anmellt heff, hett dat bi em nich paßt, dat anner Maal bi mi nich. So is dat nableven. Man nu heff ik Post vun em kregen. He harr sik scheden laten, schrifft he, un dat mit 68 Johr. Aver in't Huus sitten un nich mehr snacken könen, dat weer leger as alleen ween, he weer dor eensaam över worrn, un so wull he nich op dat Enn to leven.

Un wat schrifft he as letzten Satz: Weten Se noch, wat unsen Dokter jümmer seggt hett? ›Na also, sieht doch gut aus. Nur weiter so‹! Dor will ik em denn man Glück to wünschen.

Paradies

Wat dat Paradies anlangt, ut dat hett de Herrgott uns ruutsmeten, un lebennig kaamt wi dor ok nich mehr rin. Hebbt wi Glück, kriegt wi dat na dat Jüngst Gericht to sehn. So vertellt de Paster dat, un denn schull dat an un för sik je ok wohr ween.

Nu heff ik aver annerletzt en Paradies funnen, dat liggt in Portugal, an en lütten See, merrn in de Bargen, en Hotel, dat hett ›Paradies‹ heten. Meist twee Stunnen heff ik dat socht, bün krüüz un quer dörch de Bargen fohrt, denn ik harr in mien Reiseföhrer leest: Obwohl der See selbst nicht schön ist, lohnt die Fahrt zu diesem ausgefallenen und etwas genialen Plätzchen, man sitzt neben Vogelvolieren und Springbrunnen unter einer großen Pinie und guckt hinunter in die Landschaft.

Dor wull ik hin, un dor seet ik nu. De Vagels weern för dull an't Trillern, Piepen un Gurren, de Springbrunnens an't Plätschern, de Pinie nich ganz so groot as in den Reiseföhrer un de See halv utdröögt.

Na ja, heff ik dacht, allens ganz nett, aver Paradies? Un wo blifft dat ›Geniale‹?

Man do keem dat al, de Mann, den dat allens tohöör, de Spieskort in de Hand keem he un sä vergnöögt: Welcome in my Paradise! Wenn ik wat eten wull, he harr jüst wat Leckers op'n Heerd, Swiensfiletstücken inwickelt in Pannkoken mit Orangensauce. De Spezialität vun sien Paradies! Un denn meen he, dat worr en Momang duurn mit dat Eten, ik schull mi man allens in Roh ankieken, buten un binnen, he harr dat ganz alleen in veel Johren opbuut un weer dor jümmer noch nich mit ferdig.

Un wo ik mi nu allens bekiek, dor süht dat doch recht wat bescheiden ut. Dat Möbelmang tohoopsocht, aver kommodig; de Goorn mit de Springbrunnens, wo dat Water över lütte Bargen ut Gips löppt. So hebbt wi as Kinner in' Sandkasten speelt, Burgen buut, Straten anleggt un Seen, in de dat Water aver jümmers foorts versickern dä.

Denn bün ik torüch an mien Disch, he keem mit den Pannkoken un en Prospekt vun sien Hotel. Ik schull den Prospekt man mitnehmen, sä he, un vun sien Paradies vertellen, he leeg so'n beten ut de Kehr un kunn mehr Gäst bruken. Na ja, heff ik meent, denn weer't wull beter ween, he harr sik en annern Platz socht för sien Hotel. Do keek he mi fründlich an un sä: En annern Platz gifft dat nich för mi, ik heff düssen funnen, he is mien Paradies.

Ik bün torüchfohrt in mien Hotel, aver de Mann dor baven in de Bargen, he gung mi nich ut den Kopp. Wat is dat ›Geniale‹ heff ik dacht, so harr dat doch in den Reiseföhrer heten: ein etwas geniales Plätzchen.

Un denn bün ik noch eenmaal rop na em.

He weer nich dor. Schaad, heff ik dacht, un heff mi sien Sandkasten bekeken, de Vagelvolieren, de Springbrunnens, de Bargen ut Gips, dat ool Möbelmang, un heff dacht, de Mann hett sien Welt funnen, he klütert un bastelt dor jümmer noch an rum, aver he klütert un bastelt an sien Welt.

As ik an't Betahlen weer, steiht he miteens in de Döör, süht mi, kennt mi wedder un kummt vergnöögt an den Disch, seggt: Welcome in my Paradise! Wat ik eten harr? Wedder Pannkoken? Very good! lach he.

Ik fröög, wo em dat geiht.

Nich so goot, sä he.

Na, keek ik em an, löppt dat Geschäft nich as dat schall?

He schüttkopp. De Gesundheit, sä he, de weer nich so dull.

Denn gode Betern, heff ik seggt, bün opstahn, heff em de Hand geven un wull gahn. Bün denn aver stahn bleven un heff fraagt, wat he denn harr.

Krebs, hett he antert, de weer al maal weg ween nu aver wedder dor. He muß sik opereren laten.

Man denn wies he na sien Terrass un sä, dat anner Johr, för den Fall ik schull wedderkamen, worr dor en Grillsteed mit Bar ehren Platz hebben. Ik schull man fix vun em un sien Hotel vertellen. Sä dat un gung in't Huus, krank, aver merrn in't Paradies.

Wat hett Friedrich Schiller sien Don Carlos seggt: Ein Augenblick gelebt im Paradies, wird nicht zu teuer mit dem Tod gebüßt. Denn aver mutt en dat Paradies in't Leven söken un schall dor nich op töven.

IV

Luther sien Ogen

Wat Lüüd sik infallen laat, dat kann en sik mennigmaal nich utdenken. Ik weer annerletzt in Halle an de Saale, dor in de Kark an' Markt, in de Sakristei, dor liggt ünner Glas op en witt Küssen Martin Luther sien Dodenmask.

Wat en Dodenmask is, dat weet wi je all, un wi weet ok, wokeen doot is, de hett de Ogen to; eerst recht, wenn vun dat dode Gesicht en Gipsmask afnahmen warrt.

Un wo ik dor nu mit den Karkendener vör de Döör vun de Sakristei stah, un he slütt ehr op, do denk ik: Nu krieg ik dat Gesicht vun Luther to sehn, so as dat utsehn hett op sien Dodenbett.

Bitte, sä de Karkendener, trock de Döör op un leet mi vörangahn. Un ik sehg em foorts, Luther sien Kopp, dor op dat witte Küssen ünner den Glaskasten, un verfehr mi as dull. Denn Luther keek mi an, keek mi an ut grote Ogen ut Glas.

Wo sünd Luther sien doden Ogen? fröög ik liesen den Karkendener.

Un he fluster: Ünner de Glasogen. De Glasogen hett'n insett vunwegen de Wirkung. Luther kickt uns an! sä de Mann.

Ik bekeek mi den Kopp: Vulle Lippen, Dubbelkinn, de Kopp lütter as en dat vun de Biller her kennt. Aver en op un daal verkehrt Gesicht! En Gesicht mit Ogen ut Glas.

Un dat deit de Kark den Mann an, de ehr maal de Wohrheit seggt hett, as se na sien Menen op den verkehrten Weg weer. Un dat is se dor in Halle al wedder: Luther sien Ogen hett de Dood tomaakt, un dorum schall sik ok nüms an Luther sien Ogen, den Dood un de Wohrheit vergriepen.

Gottgefällig

So geiht en na den annern, nu is ok mien ool Naversch Mathilda storven. 94 is se worrn, hett de letzten Johren bi ehr Dochter Wilma wahnt, un Wilma hett dor op töövt hatt, dat dat mit de Mudder to Enn geiht, denn Mathilda weer nich eenfach to hebben, in't Leven nich un nich in't Starven. Wilma is ok nich mit to Kark ween, se hett to ehr Swestern seggt, to Adelheid un Lisa, mit Bibel un Gesangbook harr de Mudder ehr lang noog trakteert, se wull dor nu nix mehr vun hören.

Mathilda is je maal de Fruu vun Paster Heuer ween, hett sik mit Bibel un Gesangbook utkennt. ›Gottgefällig leven‹, dat weer ehr Snack, un denn harr se ok jümmer foorts en lütten Spruch oder Vers to Hand. ›Gottgefällig‹ schullen ok ehr Kinner opwassen un leven. Aver wat heet gottgefällig?

As Mathilda ehren Mann storven weer, hett se ehr Kinner ropen, hett Kaffee un Koken op den Disch kregen un hett seggt: Nu, wo de Vadder doot weer, weer de Tiet för Psalm 91 kamen, wo dat vun unsen Herrn heet: Denn er hat seinen Engeln befohlen, daß sie dich behüten auf allen Wegen. Un düsse Engels, hett Mathilda seggt un ehr Döchter in de Ogen keken, dat weern nu se. Se mussen aver keen Bang hebben, se schullen ehr Mudder nich op Hannen drägen, so as dat in den Psalm heet, dat worr langen, wenn se as de Engels dorför sorgen worrn, dat ehr Mudder sik den Foot nich an en Steen stött. Un de gröttst Steen, hett Mathilda seggt, dat weer je dat Olenhuus för ehr, wat dat nu Stift oder Seniorenheim heten worr, ehr worr grugen vör all de olen Lüüd. Un de Kinner hebbt seggt: Oh, man jo nich, Mudder, wi schuuvt di doch nich in't Olenhuus af! Do hett Mathilda dankbor süüfzt un hett meent, för so gottgefällige Kinner will se Gott mit en lang Leven danken, so as dat in 91, Vers 16 steiht. To de Tiet weer Mathilda 70, de Kinner hebbt nückt un nich ahnt, wo lang so'n Leven un Danken duurn kann.

Mathilda trock bi ehr öllst Dochter in, bi Adelheid, man as de ehr Kinner grötter worrn un Stuven för sik bruken, is se wiedertrocken na Lisa. Dat hett de ehren Mann aver nich gefullen. He hett Dag för Dag dibbert, Oolt un Jung höört nich ünner een Dack. Lisa aver hett to ehr Mudder holen wullt un is mit ehren Mann uneens worrn. So hebbt se amenn all dree an’ Disch seten, un keeneen hett mit den annern snackt.

As aver de Mann den enen Dag doch wat seggt hett, twee Fruuns in’t Huus, hett he seggt, is just so leeg as twee Katten un een Muus, un he weer denn je wull de Muus in’t Huus, do hett Mathilda ehr Dochter ankeken un hett seggt: Prediger 3, dat Ficheln hett sien Tiet, dat Mulen hett sien Tiet, dat Leevhebben hett sien Tiet, un dat Hassen hett sien Tiet. Aver allens to glieker Tiet, dat worr se nich länger utholen, is opstahn, to ehr Dochter Wilma lopen, hett dor huult, un Wilma hett seggt: Denn treck bi mi in. Wilma hett je keen Mann un keen Kinner hatt un is eerstan ok froh ween, nu muß se nich mehr jeden Dag alleen in de Stuuv huken. Mathilda aver hett süüfzt, so weer dat gottgefällig, hool dien leve Mudder in Ehren un gah nich vun ehr, solang du leevst. So steiht dat in de Bibel, hett se seggt.

So gungen de Johren. Wilma worr 70, un Mathilda gung op de 93 to, seet nu al den Dag över in’ Rullstohl, un Wilma schoov ehr de Straat op un daal, dat de Mudder an de Luft keem, denn de wull nu al mennigmaal gor nich mehr geern opstahn. Do hett Wilma ehr Swestern opfellert, se schullen ehr bistohn, de Mudder besöken, ehr utfohren, ünnerholen, se wull ok maal en Stunn för sik alleen ween un sik verpusten. So hett dat anfungen mit den Stunnenplaan för den Engelsdeenst, as de Swestern dorto seggt hebbt. Un Mathilda hett Book föhrt, wokeen vun ehr Döchter ehr an wölken Dag un to wölke Stunn besöken muss. Un wenn de nich pünktlich op de Matt stunn, denn hett se ehr anropen, se worr nu al stunnenlang töven, wat aver nie nich stimmt hett, Mathilda verloor bilüttens dat Geföhl för de Tiet. Fungen de Döchter aver dat Snacken vun en Seniorenheim an, denn hett Mathilda sik in ehren Rullstohl stiev maakt un bloots knapp seggt, denn will se lever starven. Do hebbt de Kinner denn je swegen, wat schullen se ok maken, se kunnen ehr Mudder doch nich in't Auto packen un in't Olenhuus afgeven

So gung dat nu wedder meisto twee Johr, Mathilda worr jümmer weniger un Wilma oolt un gnegelig utsehn. As nu aver den enen Dag Adelheid un Lisa mit ehr Kinner Oma besöökt, se sitt all um den Kaffeedisch rum, un as do Mathilda ehr Döchter un Enkelkinner bekickt un kröchelt, dat weer je doch en gottgefällig Bild, so as se hier all um den Disch seten un seggt to ehr Enkelkinner, in de Bibel steiht: De Olen ehr Kroon sünd de Kinner vun Söhn un Dochter, de Kinner ehr Ehre aver sünd Vadder un Mudder. Dat schullen de jungen Lüüd sik marken. Un as do Wilma seggt, denn worr dat för ehr keen Kroon un nix geven, se harr je keen Mann, keen Kinner un Kindeskinner; wat de Bibel för ehr nix paraat harr?

Do hett Mathilda antert, un se hett wull al nich mehr recht wußt hatt, wat se dor seggt hett, in de Bibel worr stahn, hett se seggt, dat weer nich goot, wenn de Minsch alleen bleev. Man nu weer dat bi Wilma so kamen, un wokeen weet, hett Mathilda noch meent, harrst du en Mann hatt, so en, as Lisa en hett, denn harrst du mi womööglich ok afschoven. Do is dat miteens dodenstill um den Disch worrn, Wilma hett ehr Mudder anstarrt, hett keken un keken un hett denn liesen seggt: Leven hett sien Tiet, Mudder, Starven hett sien Tiet. Woso starvst du nich? Twintig Johr lang hest du uns groot maakt, 24 Johr lang wahnst du bi een vun uns, dat sünd veer toveel. Denn is Wilma opstahn, is ut de Stuuv gahn un eerst den annern Dag wedderkamen. Hett ehr Mudder noch en knapp halv Johr in't Huus hatt, hett ehr wuschen, dat Eten maakt, hett ehr utfohrt, allens so as tovör, aver hett swegen. Un Mathilda hett dor gegenan swegen. Bit se den enen Dag inslapen is.

Vundaag hebbt wi Mathilda to Graff brocht. Nu is se denn je wull bi unsen Herrgott, un wenn dat maal passen schull, kann se em fragen, wat heet ›gottgefällig‹?

Is wat mit mi?

Hannes Meier snackt mit sien Hund, Martha Siebels mit ehr Katt, Rudolf Bünz mit en Beo, Hermann Steen mit sik sülm, un de ool Rüümkorf mit twee Poppen, de hett he noch vun sien Dochter, as de lütt weer.

De Poppen sitt bi em op dat Sofa. An Avend bringt he ehr to Bett, denn leggt he en Küssen över ehren Buuk un seggt: Nu slaapt man goot.

Af un an mutt he ehr ok en Geschicht vertellen, anners köönt se nich inslapen. Denn vertellt he vun ole Tieden. Do is he maal in Frankriek ween, mit Fruu un Dochter, in de Bretagne, dor hebbt se Ferien maakt. Un de Dochter harr miteens dicke Ogen kregen, as Vageleier so groot. Dat weer vun de Sünn un dat Saltwater kamen. Do harr he ehr de Poppen kofft. Jüm weern aver je franzöösche Poppen, seggt he to de beiden, un hebbt keen Düütsch kunnt. Dat harrn he un de Lütt ehr eerst bibringen mußt:

Oui heet ja, non — nein, un merci — danke. So vertellt un besinnt he sik, de ool Rüümkorf, seggt: bonne nuit, gode Nacht, un geiht to Klapp.

Hannes Meier löppt tweemaal den Dag mit sien Hund. Martha Siebels ehr Katt fangt junge Vagels un leggt se ehr vör de Fööt. Hermann Steen kickt de Katt to un brabbelt jümmerto, he will ehr Gift hinleggen, dat warrt vun Dag to Dag weniger mit dat Piepen un Tirilieren. Dorför röppt Rudolf Bünz sien Beo ›Rudolf‹, wenn he mit Rudolf op'n Balkon sitt un Rudolf Kaffee drinkt. Dat argert Hermann, denn geiht he de Trepp daal na Rudolf un seggt, he schall den Beo in de Stuuv hangen, he kann dat ›Rudolf‹-Ropen nich af. Aver Rudolf antert, he kann Hermann sien Brabbeln över sik op den Balkon ok nich af. Mit wokeen snackst du dor? seggt he to Hermann. Un Hermann seggt, he kann snacken, mit wen he will.

De ool Rüümkorf geiht jeedeen Dag na Konditer Lepthien, kofft sik dor sien Zeitung, sett sik in dat Café, leest dat Blatt, un Fruu Lepthien leggt em denn jümmer en Schokoladenrull op den Teller, de mach he so geern.

Klock teihn kummt Fruu Wagenbach, drinkt ok en Tass Kaffee un vertellt vun ehr Aquarium un dat al wedder en Fisch dootbleven is. Se will sik nu en lütt Kanink för de Stuuv kopen. En Kanink kann en ok ankieken, seggt Fruu Wagenbach to Rüümkorf, Fisch kiekt en nich an.

Denn geiht Rüümkorf wedder na Huus, drippt he Navers, snackt he twee Regen mit ehr. An Avend sitt he op sien Sofa un kickt fern. Mach he dat Programm nich lieden, seggt he to de Poppen: Schall ik dat utmaken? Un maakt dat ut. Denn vertellt he sik noch en beten wat mit ehr, vertellt vun Fruu Wagenbach un de ehr Fisch, de en nich ankieken doot, un dat se nu en Kanink hebben will. Na ja, seggt he denn, nimmt dat Küssen, deckt de beiden to un geiht to Bett.

Man nu den enen Dag, an so'n Dag, wo Hannes Meier mit sien Hund snackt, Martha Siebels mit ehr Katt un Hermann Steen mit sik sülm, do paßt Rudolf Bünz nich op, un sien Beo flüggt em weg. Un Rudolf röppt: Wullt du wull wedder herkamen! Un de Beo röppt: ›Rudolf, Rudolf‹! Un sett sik op den olen Rüümkorf sien Balkon.

Do löppt Rudolf rop na Rüümkorf, un se fangt den Beo ok wedder in, un Rüümkorf seggt: Dor kann ener op stahn. Un schenkt twee Calvados in. Un Rudolf sitt mit sien Beo bi den olen Rüümkorf un drinkt Calvados un süht de beiden Poppen op dat Sofa un fraagt, wat Rüümkorf Besöök hett.

Woso dat? fraagt Rüümkorf. Un Rudolf nückt na de

Poppen un seggt: Sünd de Enkels dor? Un Rüümkorf seggt: Nee, dat sünd bloots mien Poppen. Un seggt to de Poppen: Dat is unsen Naver Rudolf Bünz, un dat dor is sien Beo. Un de schriggt: ›Rudolf‹! Un de ool Rüümkorf lacht, un Rudolf lacht.

Man as Rudolf nu den annern Dag de Navers drippt un vertellt vun den Beo un dat he em mit Rüümkorf wedder infungen hett, do meent he, liekers Rüümkorf en vernünftigen Indruck maken deit, is he doch wull al wat tüdelig, he snackt mit twee Poppen. Un wenn en tüdelig warrt, seggt Rudolf, denn kann en licht maal wat vergeten, puust dat Licht nich ut oder smöökt in't Bett un slöppt in. Un dorum schüllt se man all en Oog op Rüümkorf hebben.

Un nu, wenn de ool Rüümkorf langs de Straat geiht, sitt bi Lepthien, drinkt sien Kaffee, un Fruu Lepthien leggt em en Schokoladenrull op sien Teller, un Rüümkorf snackt twee Regen mit de Navers, nu hebbt se all en Oog op em un denkt, dor kummt de ool tüdelige Rüümkorf. Un Rüümkorf seggt to sien Poppen: Ik weet nich, de Lüüd warrt so egenoordig kieken. Is wat mit mi?

Husmann sien Zeddels

Wenn de ool Husmann nich weet, wat he mit sik un den Dag anfangen schall, huukt he an't Finster un tellt de Lüüd, de buten vörbiloopt. Tellt, woveel vun links kaamt, woveel vun rechts un schrifft dat op'n Zeddel. Vun so'n Zeddels hett he en poor hunnert in sien Schapp leggen. Kann he nachts nich slapen, kriggt he sik den Zeddelkasten her un leest, woveel Lüüd an den un den Dag an em vörbilopen sünd.

Maal is sien olen Kolleeg Ludwig Holste dor övertokamen, as Husmann an't Finster seten un tellt hett.

Woto tellst du so wat? hett Ludwig fraagt.

Husmann hett mit de Schullern tuckst un seggt: Bloots so.

Un woveel Lüüd gaht an dien Finster vörbi? hett Ludwig schüttkoppt.

An gewöhnliche Daag um un bi 60 vun links un 80 vun rechts.

Un woso loopt mehr vun rechts as vun links?
Wat weet ik.
60 un 80 is nich jüst veel för'n ganzen Dag.
Ik sitt hier je ok nich den ganzen Dag.
Un wat deist du, wenn du hier nich sittst?
Maal düt, maal dat.
Kummst du noch ünner Lüüd?
Ik heff ehr je vör't Finster.

As buten en Mann mit en Hund vörbileep, hett Ludwig meent:
Du schullst di man ok en Hund toleggen, denn kummst du rut un kannst ok en poor Regen mit em snacken. Oder mit de Hunnen-Lüüd. Hunnen-Lüüd snackt mitenanner.
Hunnen snackt nich, hett Husmann seggt. Nr. 28 vun links.
Ah, dat seggst du so, hett Ludwig antert, kiek di den Mann dor buten an, woso hett he en Hund?
Wat weet ik.

Du bruukst Sellschop. Kennst du de Lüüd, de hier vörbiloopt?
Dat een un anner Gesicht.
Un wat sünd dat för Lüüd?
Lüüd, hett Husmann seggt.
Den dor vun rechts, kennst du den?
Woso?

De kickt na dien Finster. De kennt di, nehm ik an.
Woso kennt de mi?
De weet, du sittst achter de Gardien. Treck ehr op, he will di gröten.
Ludwig, ik kenn em nich.
Ik, wenn ik du weer, ik worr, wenn he wedder torüchkummt, de Gardien optrecken un em ankieken. Grött he, denn weeßt du, he kennt di. Mach ween, du hest vergeten, du kennst em ok. So wat kummt doch vör. Wat maakst du, wenn keeneen hier vörbilöppt?
Ik kiek op de Klock.
Op de Klock? Woso dat?
Wo lang keeneen kummt. Oder ik drusel in.

As wat tellst du de Fruu dor buten? De kummt vun links, blifft stahn, dreiht um un geiht wedder na links weg.
De tell ik nich.
Woso tellst du de nich?
Ik tell bloots de, de vörbiloopt.
An un för sik is dat aver je doch interessanter, wenn ener, so as de Fruu, stahn blifft un dreiht denn um. Woso deit de Fruu dat? Wat is ehr dor jüst even infullen? Ik worr an dien Steed en Zeddel för Sonderfälle anleggen. Över de kannst du naher en beten länger gruveln.
Ludwig, du bringst mi dörch'n Tüdel, hett Husmann seggt, ik gruvel nich, ik tell.

Na ja, hett Ludwig seggt, denn will ik di ok nich länger in' Snack opholen. Hool di munter! Bloots een Fraag noch: Wenn ik nu rutgah, loop an dien Finster vörbi un kiek na di achter de Gardien, wat denkst du denn?

Woso, wat ik denk?

Ja, wat denkst du, wat ik denk, wenn ik na di kiek?

Dat weet ik nich.

Tellst du Lüüd, de vun di kaamt, oder tellst du de nich? Denn an un för sik kaam ik je nich de Straat langs, ik kaam ut dien Huus.

Wenn du dat wullt, tell ik di, hett Husmann seggt.

Dat worr mi freun, hett Ludwig antert un is gahn.

Julius un Guschi

Dat en sik dootargern kann, dat weet wi; dat en sik aver ok in't Leven torüchargern kann, dat hebbt wi bitherto nich wußt hatt. Julius Möller hett dat kunnt, un dat weer an un för sik verwunnerlich, denn Julius hett doch jümmer seggt hatt, he mach nich mehr leven, de Herrgott schull em man ropen. De aver hett dat nich wullt hatt un hett Julius mit Guschi Schröder bekannt maakt, de trock den enen Dag to uns in't Olenhuus.

Julius weer to de Tiet 81 un seet de mehrst Tiet op sien Stuuv, denn keeneen much sien Klagen un Nörgeln mehr hören. Jümmerto brummel he: Dag för Dag desülvige Dag, wat schall dat noch? Un wenn Gretel Henke seggt hett: Julius, laat dat Barmen, freu di to de Sünn! denn hett Julius gnaddert: Wat bruuk ik de Sünn, de kenn ik ok al 81 Johr, dat langt. Do hett Fiete Hinz ünnert Eten maal to em seggt: Julius, wenn du dootblieven wullt, denn do dat, aver verdarv uns nich dat Eten mit dien swatt Gesicht, dat gifft nich jeden Dag Beern, Bohnen un Speck. Siet den Dag itt Julius op de Stuuv.

Noch vergangen Johr is Julius jeedeen Dag um uns Olenhuus mit sien groten Goorn lopen. De Dokter seggt je jümmer, Lopen un Drinken, dat is för uns dat Allerwichtigste. Fiete Hinz hett to Julius seggt: Wat löppst du um Huus un Goorn, dat is na Hanna Schlüter ehr Café un retour ok nich wieder. De Minsch mutt op wat tolopen, Julius, un wenn't en Tass Kaffee is. Aver Julius hett quarkt, he mutt op nix mehr tolopen, un hett laterhin dat Lopen denn ok instellt.

Christel Müller hett meent, wi mööt Julius wedder in de Gangen bringen un hett em mit in ehren Singekreis nahmen. Aver Julius hett dor seten un swegen. Bloots as se sungen hebbt: ›Jeden Morgen geht die Sonne auf‹, do hett he seggt: Leider.

Man siet dat nu de dösige Guschi Schröder bi uns introcken is, warrt Julius wedder kregel. Guschi is jüst so oolt as Julius, aver en beten wat hinfällig in' Kopp. Maal vergitt he allens, maal snackt he vernünftig. Nu kreeg Guschi aver sien Stuuv blangen Julius.

Den annern Middag kummt Julius to uns an' Disch un seggt, he kann nich op sien Stuuv eten.

Nanu, hett Fiete Hinz seggt, woso dat denn nich?

Dor sitt al en, hett Julius seggt, un he will nich weg.

Un wokeen sitt dor?

Guschi Schröder.

Un woso will de nich weg?

Dat weet ik nich. He seggt nix. Sitt in mien Sessel un seggt nix.

Do sünd Gretel Henke un Fiete Hinz na Julius sien Stuuv, un dor sitt Guschi in Julius sien Sessel. Gretel hett em fründlich ankeken un hett seggt:

Herr Schröder, Se hebben sik in de Döör verkeken, düt hier is Herrn Möller sien Stuuv.

Aver Guschi hett schüttkoppt un seggt, düt weer sien Opa sien Stuuv, de harr doch Julius heten, so as dat an de Döör steiht, un he will nu sien Opa besöken. Un as Julius kummt un giftig seggt: Huul af! do gnurrt Guschi: Du hest mi gor nix to seggen, du büst nich mien Opa.

De Swestern hebbt em denn aver na sien Stuuv brocht. Julius hett schimpt: Dat fehlt mi noch! En dösigen Kerl blangen mi! Ik will en Slötel för mien Döör hebben.

Dat hett de Heimleitung aver nich tolaten, wo Julius doch jeedeen Dag starven will un slütt womööglich sien Döör vun binnen to, de Slötel stickt, un he geiht achter de Döör af.

Den annern Avend, wi sitt to Kortenspelen, Julius kickt to, warrt mööd, will to Klapp, steiht op, geiht, kummt wedder un stöhnt: He liggt in mien Bett.

Wi hin na Julius sien Bett, un dor liggt Guschi Schröder binnen.

Julius hett flöökt un zackereert.

Wedder mussen de Swestern kamen un för Roh sorgen. Guschi aver hett dor verwunnert stahn un hett seggt, he harr doch jümmer bi sien Opa slapen, un de harr ok en Papagei hatt, wo de denn weer? Do is Julius so in de Brass kamen, he hett verlangt, se schüllt Guschi en anner Stuuv towiesen. Dat gifft aver keen anner Stuuv. Julius hett schafutert: Ik arger mi doot över den Kerl, he bringt mi um!

Do hett Gretel Henke em ankeken un hett seggt: Julius, denn hest du doch Glück mit Guschi. Wullst du nich al lang starven? Denn kunn dat nu je klappen.

Dat hett aver nich klappt. In Gegendeel, Julius worr munter. He leet Guschi nich mehr ut de Ogen. Struntjer de dörch dat Huus, Julius leep em na. Leet Guschi sik dat Eten op de Stuuv bringen, seet ok Julius in sien Stuuv to eten. Un wo Julius nu Dag för Dag achter Guschi herlöppt, kriggt de dat den enen Dag mit de Angst, he hett wull dacht, de anner will em wat, he blifft stahn un seggt liesen to Julius, as de op em tokummt: Bitte, do mi nix. Dat hett Julius drapen.

Vun den Dag an hett dat anfungen, Julius un Guschi sünd mitenanner um uns Huus un Goorn lopen. Mehrstendeels is Guschi bloots mitlopen, hett nix seggt, hett keken, un wat he tohöört hett, wenn Julius vertellt hett, dat weet en nich, un Julius hett em denn op de Stuuv brocht.

Den enen Dag hett Guschi Julius fraagt, wo de Papagei is. De is doot, hett Julius seggt. Un mien Opa? hett Guschi fraagt. De is ok doot, hett Julius antert. Sünd wi ok doot? Dat weet ik nich, hett Julius brummt.

Den annern Morgen keem Guschi ahn Hemd in den Spiessaal. Christel Müller hett meent, so wat will se hier nich sehn. Un ok Gretel Henke hett seggt: Dat geiht nich! Schicklichkeit, dor mutt se op bestahn! Julius hett Guschi fraagt: Wat is loos? Un Guschi hett seggt, sien Hemd, dat weer em dreemaal ut de Hannen fullen, un he harr sik dreemaal bücken mußt, un wo he dat antrecken will, do fallt em dat wedder ut de Hand. Un nu hett he keen Lust mehr to dat Hemd! Dat kenn ik, hett Julius seggt un is mit Guschi op den sien Stuuv gahn un hett em in dat Hemd holpen.

V

Natüürlich

Natüürlich hebbt wi dacht, he hett ahn sien Fruu nich leven kunnt; geiht den enen Avend in de Garaasch, lett dat Auto lopen un is den annern Morgen doot. Knapp veer Weken na den Dood vun sien Fruu, vun Gerda, de weer an Krebs storven. As wi ehr beerdigt hebbt, hett he noch seggt hatt, wi schullen nich trurig ween, schullen an Gerda denken un de goden Stunnen, de wi mit ehr hatt hebbt, he wull keen Tranen sehn. Dat is nich so eenfach to, wenn en vun' Karkhoff kummt.

Natüürlich, wi harrn marken kunnt, dor stimmt wat nich mit Hans. De en un anner hett doch tuschelt, Hans schall nachts na'n Karkhof lopen un dor mit sien Fruu snacken. Aver is dor wat verkehrt an? Den Dag över hett he as jümmer sien Arbeid maakt. Wi hebbt em fraagt: Kummst du torecht? Un he hett antert: Fruu Mohrdiek kümmert sik um Huus un

Goorn. Se wahnt blangen em. Dat Leven geiht wieder, hett he seggt.

Natüürlich hebbt wi dacht, jichenswenn warrt he ok maal wedder en Fruu kennenlehrn, alleen leven, dor is he mit 59 Johr to jung för. Noch hett he je aver de Dochter in't Huus, de studeert, so fallt em de Deek nich op'n Kopp, hebbt wi dacht.

Aver natüürlich hebbt wi dat mit de Dochter vun Hans un Gerda ok nich wußt hatt. Fruu Mohrdieck hett dat in de Welt sett. Mach aver ok ween, dor is nix an, wenn wi uns ok wunnert hebbt, dat de Dochter nich mit to Gräffnis vun ehren Vadder weer. Se is krank hett dat heten. De Paster hett seggt: Allens hett sien Tiet. Hans harr sien Tiet leider nich aftöven kunnt. Dat kann aver so je nich richtig ween, denn wenn allens sien Tiet hett, denn mutt dat ok för Hans sien Dood gellen. Wenn he dor ok sülm för sorgt hett, för den Dood, geiht in de Garaasch, lett de Poort daal, stellt dat Auto an un is den annern Morgen doot. Fruu Mohrdiek hett em funnen un en Buddel Whisky dorto, de hett blangen em in't Auto legen.

Natüürlich hett ok de Paster laterhin meent, he kann verstahn, dat en Minsch nich en noch ut weet un deit sik wat an.

Un natüürlich köönt wi dat mit de Dochter jümmer noch nich recht glöven, aver Fruu Mohrdiek seggt, de

Dochter hett ehr dat süm vertellt. Hans schall sien Dochter in de letzt Nacht ingestahn hebben, se weer en Adoptivkind. Un denn schall he seggt hebben, se kunn doch bi em blieven un womööglich kunn dor maal mehr vun warrn, wo se doch gor nich sien recht Dochter weer. Do hett de Dochter dat Grugen kregen un is merrn in de Nacht ut' Huus lopen. Fruu Mohrdiek meent, Hans harr in sien dunen Kopp de Dochter mit de Mudder verwesselt hatt, de harrn sik je al jümmer en beten wat liek sehn. Un Hans harr meist jeedeen Avend de Buddel Whisky op'n Disch hatt.

Natüürlich harr Fruu Mohrdiek uns maal wat andüden kunnt. Wat weet wi, wat Hans in sien Huus opstellt.

Natüürlich weet keeneen vun uns nipp un nau, wat dor in de Nacht schehen is, wo de Dochter ut dat Huus lopen un mit ehr Auto wegfohrt is. Dat kann ok anner Grünnen hatt hebben. Aver natüürlich blifft dat so allens wat undüütlich.

Nu, wenn en an Hans denken deit, is dor natüürlich jümmer en drullig Geföhl mit bi. Un so is dat denn ok beter, en denkt nich mehr so veel an em. Schaad is dat aver je doch um Hans. Natüürlich. Aver wat heet al natüürlich?

Den Sargdräger sien Truurreed

Wat kann de Minsch doch afsünnerlich vun de Welt gahn. So as Luden Thomsen, de hett sik sien egen Truurreed schreven hatt, un de weer nich länger as süß Wöör. De Paster hett ehr na Luden sien Dood in de Kark vörleest un hett dor man bloots noch acht Wöör tosett. Dat weer allens. Un keeneen hett sik verwunnert, denn Luden harr je in den letzten Johren al jümmer seggt hatt: Wenn ik maal dood bün, denn will ik dor keen Truurpredigt hören so na dat Motto: Geboren, upwussen, heiraadt, arbeidt un nu op den Weg na unsen Herrgott. Dat mutt ik nich hebben.

De Lüüd meent nu, Luden weer över sien Amt as Sargdräger drullig worrn in' Kopp. Luden is je, nadeem he in Rente gahn is, Sargdräger ween. Tovör weer he Landvermeter un hett op't Katasteramt seten. He hett aver to'n Sargdräger dat Talent nich hatt, seggt Hinrich Kruse. Hinrich is de Sargdrägers ehr

Vörmann. Eerstan mutt en Sargdräger Knööv hebben, seggt Hinrich, rop op de Koor mit den Sarg, daal vun de Koor un em denn an de Seilen langsaam in de Kuul daallaten, dat is nich jümmer so eenfach to. Wenn dor, so as annerletzt, dat Gewicht vun Möller-Thiessen mit sien 200 Pund in de Kist liggt, dat treckt al hin. Aver de Knööv, seggt Hinrich, de Knööv hett Luden hatt. Bi Luden hett dat an dat Mentale legen. Sargdrägers geiht dat nich anners as de Pasters, seggt Hinrich, en dörvt sik dor nix bi denken bi de Doden. In der Kiste liegt der Mensch als solcher, seggt Hinrich. Denkst du aver an Hermann Fleischer oder Rose Lüders, Lüüd, de du kennt hest, un de du nu in de Kuul daallaten schallst, dat geiht nich goot. Afstand holen, seggt Hinrich. Afstand, anners grippt di dat an.

Un Afstand holen, dat hett Luden opletzt wull nich mehr kunnt. Sünnerlich an den Dag, as Hanna Ehlers in de Kist legen hett. Se is so wat as sien tweet Mudder ween, bi ehr hett he as lütten Jung op de Kneen seten. Paster Lüdemann hett wull nich recht wußt hatt, wat he vun de ool Fruu vertellen schall un hett vun Hanna as ›den Menschen als solchen‹ snackt.

Der Mensch, hett he seggt, gehet auf wie eine Blume und fällt ab; er fliehet wie ein Schatten und bleibet nicht.

De Lüüd in de Kark hebbt schüttkoppt, op Hanna

as en Blume hett sik nüms mehr recht besinnen kunnt, denn Hanna is 97 Johr oolt worrn.

Willi Neibüser hett naher vertellt, Hanna harr de letzten Johren man bloots noch in ehren groten Sessel achter de Gardien huukt, harr rutkeken un weer dorbi jümmer stattlicher worrn. En kann ok seggen ›dicker‹, hett Willi seggt, se harr je bit toletzt jümmer noch en goden Apptiet hatt. Un mit so'n Statur flüggt en nich as en Schadden dorvun, hett Willi meent, ehrer harr Hanna wull noch en Schalden smeten. Nee, hebbt de Lüüd na dat Gräffnis meent, de ool Lüdemann harr sik mehr Möög geven kunnt.

Un dat hett ok Luden dacht, de hett op den Weg torüch vun de Kuul to Lüdemann seggt: Herr Paster, schull ik maal dood ween un Se holen de Truurpredigt, den will ik dor nix vun Blomen, Schaddens un den Menschen als solchen hören! Denn snacken Se över mi! Aver wat weten Se vun mi? hett Luden meent un den Paster argerlich ankeken. Un Lüdemann hett gnatzig antert, denn weer dat je dat best, Luden worr sien egen Truurreed öpsetten. Schrieven Se man, wokeen Se sünd, hett he seggt, ik lees dat denn in de Kark vör! Un hett nich ahnt, dat dat jüst so maal kamen schull. Un hüüt so kamen is.

Denn liekers dat je doch en snaaksche Idee weer, dat mit de egen Truurreed, Luden hett dat Gruveln anfungen un hett sik verbiestert. Wenn he meent hett, nu weet he, wokeen un wat för en he is, den annern Dag is he wedder in Tweebedacht kamen: is he so, oder denkt he bloots, he is so. Oder denkt he, wat de Lüüd denkt, wat he för en is. So'n Nadenken hett em verwunnert. Un wenn he sik en Zeddel herkregen hett un hett opschrieven wullt, so bün ik, denn is dat op nix op rutlopen as op: Geboren, upwussen, arbeidt ... Dat weer aver nich dat, wat he vun sik hören wull. De Paster schull doch seggen: So weer Luden Thomsen. Un nu seet Luden dor un wuß nich, wat he för en weer.

Man as he nu den enen Namiddag wedder as Sargdräger geiht, un de ool Paster Lüdemann steiht an't Graff un seggt: Ach, wie flüchtig, ach, wie nichtig ist der Menschen Leben! do treckt Luden en lütten Zeddel ut de Tasch, schrifft wat op un gifft Lüdemann den Zeddel, as se na Huus gaht.

Weten Se noch, hett he to Lüdemann seggt, ik schull wat opschrieven. Mehr weet ik momentan nich. Un Lüdeman hett den Zeddel insteken.

Un wo wi nu dree Johr later all in de Kark sitt, un Lüdemann steiht blangen Luden sien Sarg un schall dat Snacken anfangen, do treckt he en lütten Zeddel ut de Bibel un seggt, he harr Luden maal wat toseggt hatt, dat wull he nu inlösen. Luden harr je meent hatt, he, de Paster, wuß nix vun em to seggen, do harr he to Luden seggt hatt: Schrieven Se man op, wat ik seggen schall, dat kann ik denn in de Kark vörlesen. Un dat will ik nu doon, hett Lüdemann seggt, hett de Brill opsett un leest: Ik weet nich, wokeen ik bün.

Denn hett Lüdemann de Brill wedder afnahmen un hett seggt: Aver unsen Herrgott warrt Luden wull kennen. Amen.

Nadeem hett de Orgel insett, un Lüdemann hett mit vulle Kraft sungen: Nun lassen wir ihn hier schlafen und gehen heim alle unsere Straßen, schicken uns auch mit allem Fleiß, denn der Tod kommt uns gleicherweis.

So is dat denn bi Luden un den olen Paster Lüdemann doch wedder op datsülvige op rutlopen: Op den Menschen als solchen. Un wat weet de al vun sik sülm.

So gaht de Daag

Anna Möller is 91, wahnt in't Olenhuus, sitt in' Rullstohl, leest, kickt fern, snackt vun ole Tieden, geiht Klock dree an Namiddag to Bett, waakt merrn in de Nacht op, bimmelt na ehr Fröstück, is anners aver noch goot toweeg. Dat gifft ok feine Daag, an de kummt ehr Dochter.

So gaht de Daag.

Klock halvig een kriggt Anna dat Eten op de Stuuv. Klock een stickt de ool Fruu Schüschen den Kopp in de Döör un fraagt, wat se Anna ehr Zeitung hebben kann. Anna seggt: Gifft nix Nieges in de Welt. Un Fruu Schüschen seggt: Ja ja. Dat seggt se to allens.

So gaht de Daag

Anna mach nich mehr leven. Se seggt to Fruu Schüschen, de Herrgott schall ehr man to sik nehmen. Fruu Schüschen seggt: Ja ja. De Swester will Anna baden. Anna seggt, se will nu starven. De Swester seggt; Eerst mööt wi baden, wat schall de Herrgott sunst denken. Anna seggt: Stimmt. Un liggt in de Baadwann.

So gaht de Daag.

Anna töövt op ehr Dochter. De kummt jeedeen Dünnersdag. Vundaag is Sünnavend.

So gaht de Daag.

Wenn Fruu Schüschen nich Klock een den Kopp in de Döör stickt, röppt Anna de Swester, se schall na ehr kieken. De Swester seggt, Fruu Schüschen sitt in ehren Sessel un slöppt. Anna denkt, nu warrt Fruu Schüschen wull bald starven, wenn se al an hellichten Dag in ehren Sessel slöppt. Anna seggt to de Swester, se schall Fruu Schüschen anstöten un ehr de Zeitung bringen. Dat deit de Swester.

So gaht de Daag.

Eenmaal den Dag röppt Anna de Dochter Lore an, de is 68. Lore nimmt af un seggt: Ja bitte? Anna seggt: Hier is dien Mudder. Lore fraagt: Wat liggt an, Mudder? Anna seggt: Nix. Un de Dochter seggt: Wenn nix anliggt, geiht di dat je goot. Un Anna seggt: Ja. Anna leggt op un weet, de Dochter is noch dor.

So gaht de Daag.

Anna seggt to Fruu Schüschen, se hett Bang, ehr Dochter kunn vör ehr starven. Eerst kaam ik, seggt se. Fruu Schüschen is in Anna ehren Sessel indruselt. Anna röppt de Swester, se schall Fruu Schüschen op de ehr Stuuv bringen. Anners rutscht se noch ut den Stohl, seggt Anna, un brickt sik wat. Fruu Schüschen waakt op un seggt, se hett drööмt. Anna seggt, se hett ok wat drööмt, ehr Dochter weer vör ehr storven.

So gaht de Daag.

Anna röppt Lore an, verwählt sik. En frömde Fruu seggt: Ja bitte? Anna seggt: Hier is dien Mudder. De frömde Fruu seggt: Mien Mudder is doot. Un leggt op. Anna lett den Hörer sacken. De Swester kummt mit dat Eten, Pannkoken, Appelmoos un Schokoladenpudding. Anna seggt, se bruukt keen Eten mehr, se is doot. De Swester seggt, so much se ok maal doot ween: mit Pannkoken, Appelmoos un Schokoladenpudding.

Klock een stickt Fruu Schüschen den Kopp in de Döör un fraagt, wat se de Zeitung hebben kann. Anna seggt: Ik bün doot. Fruu Schüschen seggt jaja un nimmt de Zeitung. Anna röppt ehr Dochter an. Lore seggt: ja bitte? Anna seggt: Woso seggst du, ik bün doot? Lore seggt: Mudder, tühn nich, wat liggt an? Aver Anna seggt: Woso seggst du, ik bün doot?

Lore steiht bi de Mudder in de Stuuv un seggt: Du hest di verwählt. Du büst nich doot. De Swester kummt mit Kaffee un Koken. Anna seggt, de Kaffee is ehr to flau. Lore kookt frischen Kaffee. Anna fraagt: Woso seggst du, ik bün doot? Lore seggt: Mudder, du leevst, freu di un drink den Kaffee. Anna drinkt Kaffee un seggt, de is goot. So sitt de beiden. Lore fraagt: Liggt noch wat an? Nix, seggt Anna. Lore süüfzt, steiht op, gifft de Mudder en Söten un geiht.

So gaht de Daag.

Fruu Schüschen is in de Nacht storven. Anna seggt, denn kann nu de ool Holschen ehr Zeitung hebben. Nu kummt also de ool Holschen.

So gaht de Daag.

De ool Holschen schimpt op sien Kinner. Se wüllt, ik schall ehr nu al ehr Arvgoot rutgeven, seggt he. Dat will he aver nich. He will noch lang leven, seggt he.

Anna röppt Lore an. Wat liggt an? fraagt Lore. Töövst du op dien Arvdeel? fraagt Anna. Mudder, wat sünd dat nu wedder för Töög, seggt Lore. Woso fraagst du? Ik will noch lang leven, seggt Anna. Denn is je allens in de Reeg, seggt Lore. Liggt sunst noch wat an? Nix, seggt Anna. Un leggt op.

So gaht de Daag, Anna Möller is 91, wahnt in't Olenhuus, sitt in' Rullstohl, leest, kickt fern, snackt vun ole Tieden un töövt …

Olendanz

Uns Seniorenstift liggt buten vör de Stadt. Wi hebbt Geschäften, en Bistro, en Bökerstuuv, dat gifft en lütten Saal för Vördräge, Konzert un Kino. Un wi hebbt unsen Danzclub, eenmaal de Week in' Spiessaal, all Dischen an de Wannen un de ool Holler an't Piano. Dat Leit hett Margot Lange in de Hannen, de geiht op de 90 to, se hett den Club grünnt un danzt ok noch fix mit, Slowfox, Langsamen Walzer.

Nee, wi sünd keen Volksdanzgrupp, bi uns warrt danzt vun Tango bit hin na Boogie-Woogie. Uns jungen Lüüd in't Huus, de Swestern un Hölpers, de denkt natüürlich, wi sünd so'n Oort Grufti-dancingclub. Na laat ehr, se warrt ok maal oolt.

Natüürlich kann de ool Holler mit sien knökern Fingers keen Boogie-Woogie mehr ut sien Piano rutholen, för de rasanten Saken hebbt wi en Recorder, den bedeent Margot, se is unsen DJ. Wenn Damenwahl is gifft dat strikte Order, so süht dat Reglement dat vör:

Keen Daam dörvt vun ehren Herrn mehr verlangen, as de leisten kann. Also keen flotten Foxtrott vun Gustav Lenz, Gustav hett Arthrose in de Kneen, un sien Hüft mach dat Dreihen nich mehr lieden. För Gustav sünd Märsche vörsehn, jümmer liekut.

Güstern avend hebbt wi ›10 Johr Danzclub‹ fiert. Dat weer en groot Fest. De Bövelst vun uns Seniorenstift is kamen un hett Margot graleert.

He hett seggt, wenn he uns dor so sehn worr, wo wi dor an de Dischen sitt un töövt, bit dat Holler in de Tasten grippt, denn kunn en dat direktemang sehn: Altes Herz wird wieder jung! ›Wieder?‹ hett Charly Kröger blangen mi flustert, mien Hart weer jümmer jung! Charly is unsen Windhund, jümmer püük in Schale, en Fleeg um' Hals oder en root Dook un in de Nees de Witterung för niege Fruuns in't Huus. Wenn he to Danz kummt, driggt he en Dinnerjackett un en Büx mit ›Bügelfalte‹, scharp as en Mess. He is maal Gardrober an't Theater ween, dorum hett he ok jümmer so Zitaten paraat, maal hett he to Frieda Pien seggt, as he ehr vun' Danz na ehr Stuuv bringen wull: Mein schönes Fräulen, darf ich wagen, meinen Arm und Geleit Ihr anzutragen? So as Faust dat bi Goethe to Gretchen seggt, aver Frieda hett bloots gnurrt: Du kannst mi bit na mien Döör bringen, rin kumst du nich!

Unsen Vörsitter hett mit Margot en Ehrenwalzer dreiht, dorna hebbt Gisela Thomsen un Reinhard Busch en Solonummer opföhrt, en Tango.

Reinhard is je unsen besten Dänzer. Wenn Margot en Tango opleggt, is he nich mehr to holen. Denn geiht he mit elegante Schreed övern Saal op Gisela ehren Disch to, verböögt sik na de ehren Mann, de is maal Vehdokter ween, un seggt: Sie gestatten? Un de ool Thomsen brummt: Bring ehr mi gesund wedder an' Disch. Reinhard nimmt Gisela an de Hand, föhrt ehr in de Midd vun't Parkett, un wenn Margot nu den Tango starten deit, denn is dat en Spektakel, wat de beiden dor danzt. Höhepunkt is jümmer de letzt Takt vun den Tango, denn fallt Reinhard mit'n Schißlaweng op de Kneen, kickt na Gisela hooch un seggt, sotoseggen mit letzte Kraft: Ich werfe mich Ihnen zu Füßen und bitte um die Gnade, dort sterben zu dürfen! Dat hett he maal bi den franzööschen Dichter Voltaire in den sien Breven an Katharina de Grote leest hatt. Reinhard is je Bookhändler ween un leest uns veel vör. Gisela kickt em denn deep in de Ogen un flustert: Gewährt.

De Vehdokter, wenn he dat süht, schüttkoppt un seggt to Rudolf Stührk: Worr ik mit ehr so danzen un womööglich ok noch süüfzen: Laat mi to dien Fööt starven! to mi worr se seggen: Tühn nich! Vun em lett se sik dat allens gefallen. Rätselhaft, seggt Thomsen denn, un ok Rudolf mummelt: Rätselhaft. Em is vergangen Johr de Fruu weglopen. Hier bi uns in't Stift. Se hett sik scheden laten, un dat mit 74. Nu wahnt se bi Gerhard Looft, in' veerten Stock, twee över Rudolf. Un de kann dat nich begriepen. Dor löppt em de Fruu op dat Enn to eenfach ahn veel Wöör weg. Nu gruvelt he, wo lang sien Fruu al weg weer, as se noch dor weer. Seelisch weg, seggt he, ik sitt mit ehr an' Disch, un se is bloots noch as Figur dor. Is dat nich grulich?

Na unsen Vörsitter hett ok unsen niegen Paster noch en paar Regen seggt. He is en jungen Mann, eerst en paar Maand op sien Steed, aver nett; he weet bloots noch nich so recht, wat he seggt. Gott harr sien Freud an vergnögte Seelen, so hett he anfungen. Seelen, hett Gustav Lenz mi ankeken, sünd Lüüd in't Stift al Seelen un keen Lüüd mehr? Denn hett de Paster vun dat Psalmistenöller snackt, wo dat in de Bibel vun heet: Unser Leben währet siebzig Jahre, und wenn's hoch kommt, so sind's achtzig Jahre. Un dor schullen wi uns man to freuen. Gustav hett blangen mi flustert: Den letzten Vers, den hett he weglaten, ›Und was daran köstlich erscheint, ist doch nur vergebliche Mühe‹. Aver wi wüllt je ok fiern un nich över de ›vergebliche Mühe‹ sinneren. Mi langt dat mit de ›Vergeblichkeit‹ sä he un keek na Meta Ibs röver, de seet blangen Almuth Grotegut.

As Gustav dat eerst Maal to Danz keem, he weer jüst frisch introcken, do hett he sik foorts in Meta Ibs verkeken hatt un hett ehr to Danz opfellert. Man as he dat drütt Maal bi Meta kamen is un seggt hett: Darf ich bitten? do hett Meta antert, se weer al vergeven un hett mit Almuth Grotegut danzt.

Gustav hett Charly fraagt; Woso danzt se mit de un nich mit mi?

Un Charly hett Gustav in't Ohr flustert: Se is anners orienteert.

Siet de Tiet, wenn Meta mit Almuth danzt, dreiht Gustav sik af un süüfzt: Ik kann dor nich hinkieken. So'n smucke Fruu, un denn so wat!

Aver wat hett unsen jungen Paster seggt, wi weern doch nu all in en Öller, wo en de Weisheit faat kriggt, un mit de worr sik dat recht wat lichter leven. Dat seggt he so. Kennt he de Bibel nich, oder mach he uns de Wohrheit nich tomoden? Denn in de Bibel steiht ok: Wo viel Weisheit ist, da ist auch viel Verdruß, und mit der Zunahme der Erkenntnis wächst auch der Schmerz. Aver wat weet he in sien Öller vun uns olen Knaken, vun uns Lust un Last?

Wat weet he vun Angelika Hoffmann ehr Liebestragödie. Angelika, de blangen mi ehr Wahnung hett un Herbert Wrage so geern an ehr Hart drückt harr, un de in de een Nacht över ehr Leev to em afstört is. Dat Stift hett schüttkoppt, un de en un anner Dööskopp vun Mann hett ehr verspöttert. Angelika much sik narms mehr sehn laten.

Hanna Dethlefs hett ehr in unsen Alldag torüchsnacken mußt Aver se hett hüüt noch Bang, dat wedder en mit de Geschicht vun Herbert un ehr anfangt.

Herbert is en Stillen un hett dat Talent för Lüüd nich. De mehrst Tiet sitt he in sien Stuuv un studeert sien Breevmarken. Angelika hett em al jümmer lieden mucht, un wo se spöört, Herbert kann nich ut sik rut, do will se, sotoseggen, na em rin un fraagt na sien Breevmarken.

Un Herbert vertellt vun de Marken. So geiht dat Week för Week. Man wieldem Herbert vertellt, verleert Angelika sik in ehr Geföhlen.

Se will em doch so geern en beten in de Welt holen, will mit em spazeren, in't Café sitten un klönen. Aver Herbert lett ehr nich an sik ran.

Un nu den enen Dag, wo he wedder vun sien Breevmarken vertellt, bekickt ehr dörch dat Vergrötterungsglas, swöögt vun ehr un hett al lang vergeten, Angelika huukt bi em op dat Sofa, do geiht se in de Köök, maakt en Sektbuddel op, stellt twee Glöös op den Disch un seggt, se will maal mit em anstöten. Herbert nippt an den Sekt, vertellt wedder vun sien Marken, vertellt, as worr he sik sülm vertellen, un Angelika drinkt Glas um Glas, bit de Buddel leddig is. Un as Herbert opkickt un fraagt, wo laat dat is, he is mööd, do geiht se.

Man as se in ehr Stuuv sitt, do warrt se miteens so dull, se steiht op, geiht na Herbert sien Döör un bimmelt. Un as Herbert opmaakt un verwunnert sik, woso steiht Angelika merrn in de Nacht vör sien Döör, do huult se: Ich bin eine Briefmarke. Herbert aver hett bloots murmelt: Ich bin erschüttert. Un hett de Döör tomaakt.

Dat hett sik in't Huus rumsnackt. Erich Koopmann hett to Angelika seggt: Wenn du en Breevmark büst, Angelika, ik bün de Breev, bi mi kannst du ok maal an de Döör bimmeln.

Hanna Dethlefs hett Angelika mit to uns Jubiläumsfest brocht. Reinhard Busch hett tweemaal ok mit ehr danzt. Vun Herbert is nix to sehn ween, so as jümmer.

As de Paster mit sien gefällig Snacken dörch weer, hett Margot ropen: Nu warrt danzt! Un wi hebbt danzt.

Rudolf Stührk un Gustav Lenz hebbt ehren Kummer in Beer un Kööm versapen, un as he dor versapen weer, hebbt se Margot en Ständchen brocht un hebbt luuthals sungen:

Freut euch des Lebens,
weil noch das Lämpchen glüht,

pflücket die Rose,
eh sie verblüht.

As se denn aver Margot noch en opdrücken wullen, do hett de fix ropen: De Rosen plückt man annerwegens, ik dank jüm aver för dat Leed! Do is Gustav na Meta Ibs, hett en Dener maakt un fraagt: Darf ich bitten? Un Meta is opstahn un hett mit em danzt. Un wo de beiden dor nu danzt un Meta fraagt: Wat maakt dien Been? Geiht dat noch, oder schüllt wi uns lever wedder setten? do flustert he: Oh man jo nich, Meta, wo ik di jüst so schöön in' Arm heff. Un danzt mit ehr un hett keen Arthrose un keen Nix un denkt, nu is nu, un wenn he al de Roos nich plücken kann, denn will he doch tominnst för en lütten Momang an ehr rüken. Un leggt sien Kopp an Meta ehren Kopp. Naher kann se denn je wedder mit Almuth danzen.

Weer en fein Fest. Klock Middernacht hett Margot ropen: Polonaise! Denn sünd wi to Bett. Uns jungen Lüüd hebbt oprüümt, hebbt de Dischen un Stöhl för't Fröhstück opstellt.

Dat sünd fründliche junge Lüüd, aver jümmer is dor wat in ehr Gesicht un ehr Stimm, dat süht un höört sik an, as worrn se heemlich denken: Schlußpolonaise.

Aver jüst dorum freut wi uns op unsen Olendanz.